Black Opal
オパール文庫

# 狂気の純愛

臣 桜



プランタン出版

※本作品の内容はすべてフィクションです。

ひと日、わが精舎《しょうじゃ》の庭に、
晩秋《おそあき》の静かなる落日《いりひ》のなかに、
あはれ、また、薄黄《うすぎ》なる噴水《ふきあげ》の吐息のなかに、
いとほのにヴィオロンの、その弦《いと》の、
その夢の、哀愁《かなしみ》の、いとほのにうれひ泣く。

蠟《らふ》の火と懺悔《ざんげ》のくゆり
ほのぼのと、廊《らう》いづる白き衣は
夕暮に言《もの》もなき修道女《しうだうめ》の長き一列《ひとつら》。
さあれ、いま、ヴィオロンの、くるしみの、
刺すがごと火の酒の、その弦《いと》のいたみ泣く。

またあれば落日《いりひ》の色に、
夢燃ゆる噴水《ふきあげ》の吐息のなかに、
さらになほ歌もなき白鳥《しらとり》の愁《うれひ》のもとに、
いと強き硝薬《せいやく》の、黒き火の、
地の底の導火《みちび》燬《や》き、ヴィオロンぞ狂ひ泣く。

跳《をど》り来る車両《しやりやう》の響、
毒の弾丸《たま》、血の烟《けむり》、閃く刃《やいば》、
あはれ、驚破《すわ》、火とならむ、噴水《ふきあげ》も、精舎《しようじや》も、空も。
紅《くれなひ》の、戦慄《わななき》の、その極《はて》の
瞬間《たまゆら》の、叫喚《さけび》燬《や》き、ヴィオロンぞ、盲《めし》ひたる。

北原白秋『邪宗門』より『謀叛』

# 序章　Ouverture《オーヴァチュア》（序曲）

七瀬《ななせ》沙《さ》織《おり》はあまりアルコールに強い方ではない。

その日は沙織が御《み》子柴《こしば》稔《みのる》というかなり年上の男性——勤め先の五十歳の社長と籍を入れて間もない日だった。

理由《わけ》あって結婚式や披露宴などはすぐ行わない。

沙織が稔と交わした結婚はいわゆる『契約結婚』であったからだ。

稔は日本でも有数の大企業の経営者であり、一度妻を亡くした身だ。彼は親戚から「ある程度年月が経ったのだし、そろそろ再婚しても……」と言われていた。その親戚たちを黙らせるため、沙織と「再婚をした」という事実を作るために契約結婚をしたのだ。

沙織もまた稔にとある条件で支援を受けていた。加えて稔を一人の人間として尊敬でき、これからの時間を一緒に過ごしても苦にならない人だと思ったので、契約結婚を承諾した。

けれど五十歳にもなる稔を愛していたかと問われれば、答えるのは難しい。

温厚で優しい人だとは思っているが、一人の男性として魅力を感じた事は正直ない。

沙織は普通に自分の年齢に見合った男性が好きで、特に歳の離れた人が好きという趣味でもない。

だが稔と契約を結び、生活が一気に楽になった。

そして今日、稔と前妻の息子である逸流《いつる》もイギリスから帰国し、赤坂の家で身内だけのささやかなお祝いをした。

初対面の逸流に気を遣った疲れもあり、沙織はいつの間にか酔っ払って寝てしまっていた。


「ん……」

ふぅ……っと意識が戻り、沙織は内心首を傾げる。

目の前が真っ暗なのだ。

体はベッドのような場所で横になっていて、誰かに寝かされたのだと分かる。それでも夜とはいえ、こんなに真っ暗になるものだろうか？

ハッと、沙織はこれが目隠しなのだと気づいた。

（もしかして……）

手探りをしようとした時、マットのたわみを感じて同じベッドの上に誰かがいる事を知った。

「――――!!」

沙織は息を詰め、その〝気配〟を感じようとする。

〝その人〟は手で沙織の頬を撫で、顎から首、鎖骨に手を下ろしてゆく。彼女の背中を片手で支え、布越しにブラジャーのホックをプツンと外した。

沙織はとっさに手で胸元を押さえた。手にツルリとした感触があるので、きっと自分はキャミソール一枚の姿だ。起きていた時はブラウスにスカートという姿だったので、〝この人〟に脱がされてしまったのだろう。

（稔さん？）

見えないという恐怖は、あらゆる不安と想像を掻き立てる。狼狽した沙織を落ち着かせるように、相手は彼女の顔の近くに手をつき、声を潜めて話し掛けてきた。

「隣で逸流が寝ているから、声を出さないように」

やはりその声は、夫になったばかりの稔の声だ。

相手が分かって安堵するものの、沙織は彼に言われた事が気になり耳を澄ませる。

「――――」

同じ空間から深い寝息が聞こえる。

稔が言う事が本当なら、その寝息は逸流のものなのだろう。

どうして夫婦の寝室に息子を……と思ったが、逸流も先ほどまでの酒宴で酔い潰れてしまったのかもしれない。逸流の部屋は二階にある。彼は二十一歳で、成人男性を二階まで運ぶ事を思えば、一階にある夫婦の寝室に寝かせた方が手っ取り早かったのだろう。

こくん、と無言で頷くと、「よし」とするように頭を撫でられた。

（でもどうして？　どうして今さらセックスするみたいに脱がせてくるの？　いつもなら脱がせなくても、ベッドじゃない場所でもしていたじゃない。しかも側に逸流さんがいるっていうのに……）

稔と契約を結び、この家に越してきたのはつい先日の事だ。

彼の年齢的な問題もあり、激しい運動でもあるセックスはしないものだと沙織は思い込んでいた。

だが今日、よりによって逸流が寝ている空間で、ベッドに押し倒され衣服を乱されるとは思わなかった。

沙織は契約的に、稔に従わなければいけない立場だ。

だからこそこんな局面になっても、「やめてください」と強く言う事ができないでいた。

沙織が戸惑っている間も、キャミソールが捲り上げられ、Ｆカップの胸が露わになる。

稔は「大きい……」と呟いて、円を描くように沙織の胸を揉んできた。

「ン……」

男性の手で揉まれ、まだ柔らかい先端を指先で捏ねられて、沙織の口から押し殺した声が漏れる。

沙織は混乱したまま、少しコンプレックスにも感じている乳房を弄ばれる。

稔の手はやんわりと沙織の乳房を揉み、自由に形を変えさせて喜んでいるようだった。

沙織の乳首をコロコロと転がすのも忘れておらず、そこを弄られる事で下腹部に染みるような疼きを覚える。

（やだ……。この感じ、なに……）

自分が稔の手によって〝感じている〟事を受け入れるのを、沙織は恐れていた。

だが爪で胸の先端をカリカリと繊細に引っかかれると、言い知れない掻痒感《そうようかん》がこみ上げて声を上げそうになる。知らずと沙織は腰をくねらせ、無言で身悶えていた。

それだけならまだ我慢できた気がするのだが、稔の手が沙織のくびれた腰を辿り、臀部に至った時はゾワッと鳥肌が立った。

「だ……っ、だめ……っ」

二十四歳であるが、沙織は初体験を済ませていなかった。

異性との交際経験は学生時代に一度だけあったが、それも一線を越えず自然消滅で終わってしまった。以来、異性から告白される事もなかった。触れるだけのキスすら体験しておらず、沙織は現代の女性にしては随分清らかな体のまま成長してしまった。

だが稔の手は沙織の過去など構わず、むっちりと張り詰めた臀部や下腹を撫で回す。挙げ句、パンティに指を引っ掛けると、クルクルと丸めながら脚から抜いてしまった。

「っ……！」

膝を合わせ、沙織は叫び出したくなる恐怖を堪える。

沙織は合意して籍を入れたが、セックスはしないものと思っていた。契約結婚ならある程度の事をする覚悟はあったが、処女を失う事を考えると、また別の恐ろしさがある。

（いつものアレだけじゃ満足できなかったの？）

厳密な事を言えば、沙織は稔とセックスまで至らない行為をしている。それでも沙織は契約書に書かれてあった「最後まで挿入しない可能性は高い」という言葉を信じていた。

混乱している彼女をよそに、稔の手は沙織の太腿を撫でて楽しみ、薄く生えたアンダーヘアに触れる。

「いや……っ」

恥毛を弄られ、沙織は羞恥で真っ赤になる。

微かな声で抵抗を示すと、「しぃ」と窘《たしな》められ唇に指を置かれた。

「息子に聞かれたいのか？」

低い声で問われ、沙織はぶんぶんと首を横に振る。

せっかく仲良くなれるかと思った義理の息子に、こんな痴態を知られる訳にいかない。

また頭の近くでベッドマットがたわみ、顔に何か気配が近付いてきたかと思うと、唇が柔らかく湿ったものに覆われていた。

「ン――」

キスをされている。

理解した時には、初めてのキスがこんな状況だという事を恨みたくなった。

柔らかい唇が何度か押しつけられ、沙織の唇を舐めては上唇に下唇にと甘噛みしてくる。

強引ではない、だが熟練したキスの始まりに沙織は色めいた吐息を漏らしていた。

「ぁ……、は……」

口唇が開いた隙に、ヌルリと稔の舌が忍び込んでくる。いきなり奥を探る事をせず、まず沙織の唇の裏側を舐め、それから揃った歯列をなぞってきた。

「んぅ……ん……」

キスがこんな感触だと知らなかった。柔らかい唇と滑らかな舌の感触に腰が震えるが、やはり心のどこかに稔に対する嫌悪がある。結果沙織の手は彼の肩を必死に押していた。

稔は片手で沙織の体をまさぐり、片手で頭を撫でてきた。まるで「いい子だから抵抗するな」と言っているようで、沙織は自分を懐柔しようとする稔にさらなる抵抗感を持つ。

「ン……っ、ん!」

不意に稔の指がしっとりと濡れた秘部に触れ、沙織は体を緊張させた。

「大丈夫だ。優しくするから」

ちゅ……と音を立ててキスが終わり、耳元で稔の声がする。そして彼は中途半端になっていたブラジャーとキャミソールを脱がせてしまうと、再び沙織の乳首に吸い付いてきた。

「あゃ……ん、ぁ……。ぁ……あぁ……」

稔の口内に含まれた乳首は、吸引されて形を変えたかと思うと、舌でレロレロと弾かれ弄ばれる。稔の両手が沙織の太腿を左右に開き、もう一度濡れたスリットに指が這った。

指は音を立てて花びらをなぞったあと、ツプリと小さな蜜口に入ってくる。

「や、……だぁ……っ、私……っ、お願い、初めてなんです……っ。知っているでしょう？　お願い……」

何が「嫌」なのか「お願い」なのか、自分でも分からない。

沙織が首を横に振るたび、ウェーブの掛かったロングヘアがシーツの上で波打った。

「あぁ……」

体内に指――異物が入ってくるのが分かり、沙織は嘆息する。指は沙織の恐怖を煽らないようにゆっくりと膣肉を馴染ませ、蜜を纏わせながら奥を目指していた。途中で柔らかな媚壁をぐぅ……っと押し、指の腹で擦る。

初めてがゆえにそれが「気持ちいい」のか分からないが、沙織の腰は勝手にユラユラと揺れていた。

「こっちを弄った方が感じるな」

稔の声がし、沙織の陰核に指が当たる。まださやの中に隠れている真珠を指の腹が押し、蜜をまぶしてはクリュクリュと塗り込めてきた。

「んあぁ……っ、ン、あぁん、ん、……それ、駄目ぇ……っ」

沙織にも自慰経験はある。しかし膣内に指を入れるのは怖いので、もっぱら陰核を弄るのみだ。一度波を迎えると満足し、それでぐっすり寝てしまう。

だがそんな自慰がお遊戯に思えるほど、稔の指戯は気持ちいい。男の力強い指がねっとりと動き、時に緩急をつけて攻めてくる。次第に蜜洞を暴かれる音は大きくなり、静かな寝室にグチュグチュと聞くに堪えない音が響く。

(やだ……っ。私、こんないやらしい音立ててる……っ)

興奮した沙織は自分の手で口を覆い、懸命に喘ぎ声を我慢する。声を出せる状況ならまだ楽になる気がしたが、隣に義理の息子である逸流が眠っている以上、声を抑えなければいけない。

自分でも信じられない事に、嫌なのに、加えて隣に人がいるという背徳的な状況に、いっそう感じている気がした。

「いやらしいな、沙織」

「っ…………！」

自覚していた事を稔に言われ、カァッと顔が熱を持つ。

「恥ずかしい事じゃない。私の手で感じるこの体は、とてもいやらしくて可愛い。理想の妻だ」

「っ！　あン……っ！」

不意に膣内で蠢《うごめ》いていた指が、ある一点をかすめた。陰核も継続して刺激されていたため、秘部の表と裏から攻められて耐えがたい快楽となる。思わずビクンッと跳ね上がった沙織の腰を、稔が満足そうに撫でた。

「一度指で絶頂しなさい」

（いち……ど……？）

まるで、一回目以降もあると言うような口ぶりだ。

だがその疑問は、次第に大きくなる淫悦と熱に掻き消えてゆく。稔は執拗に沙織が感じた場所のみを擦り続け、外からは親指の腹でヌルヌルと陰核をいじめる。わざと音を立てて乳首を吸い立て、もう片方の乳首の先端をカリカリと引っ掻いた。

「んンーっ、ン、あぁ、……っ、ァ、ン、あぁあ……っ」

沙織は頭を左右に振り、腰をくねらせ、足を何度もシーツの上で滑らせて悶える。

声を殺さなければいけないのに、このままでは今まで感じた事もない大きな波がやってきてしまう。ただただ怖くて、沙織は必死に体を動かし快楽を発散させようとする。

けれど腰が浮き上がってビクビクッと震えたかと思うと、その時がやってきてしまった。

両手で自分の口を押さえ、沙織は腰を弓なりに反らし、後頭部を枕に押しつけて絶頂する。

「ん、ンーッ!!」

(こんな……の、初めて……)

男の指を膣肉できつく喰い締め、沙織は生まれて初めて味わう深い悦楽に耽溺した。いつまでも尾を引く心地よさに身を任せていると、稔がズチュ……と指を引き抜く。

(達《い》か……されちゃった……)

まだぼんやりとしている沙織の秘部に、熱いものが押しつけられた。

(何……)

分かっていない沙織の太腿が、再び抱え上げられる。秘部が少し上向くぐらい腰が持ち上げられ、その下にクッションのような物が挟まれた。

「挿入《いれ》るぞ」

「え……っ、え、——ええっ!?」

フワフワとしていた気持ちだったのに、一気に冷水を浴びせられたかのような心地になる。

（待って！　私……っ）

稔がお腹に手を置き、まるく撫でてきた。

「緊張していると痛むから、力を抜いて」

「え……、あの……、あの……っ、ぁ、ア……っ」

そうこうしている間に、稔の性器がゆっくり侵入してくる。膣襞を掻き分け、思っていたよりずっと大きくて太いモノがズブズブと埋まってきた。

あまりに大きくて、体の内側から自分が変わってしまいそうな気がし、沙織ははくはくと口を喘がせる。

「息をするんだ。……そう、ゆっくり吸って、……吐いて」

「……ぃ……たい……」

酷い生理痛がきたかのような、じんわりと重たい痛みが下腹部を支配する。

「ん、痛いな。……しばらく動かないでおこう」

――稔が、優しい。

契約を破って沙織の処女を奪ったというのに、紳士ぶっているところが憎らしく思える。

沙織の体の上に稔の体重がかかり、肌が密着した。

「キスをしよう」

耳元で濡れた声がし、沙織の唇が塞がれる。

「ん……ぅ」

唇が重なり、稔に口内をくまなく舐められた。それでもあの稔とキスをしていると思うと、どこか拒絶感がある。早くこの行為を終わらせてほしい沙織は、自分でも分からない感情に晒され、目隠しの中で涙を流していた。

「……あぁ、締まる……」

キスの合間に稔が溜め息をつき、沙織はどこか憎しみにも似た感情で彼を締め付けた。

「……するなら……。早く終わらせてください」

押し殺した沙織の声を聞き、稔は少しのあいだ黙っていた。

「分かった。そうしよう」

応える声がしたあと、稔は両手で沙織の胸や腹部を撫で回す。最後に下腹──子宮のある辺りを撫でられて、沙織は戦慄した。

(まさか……)

初めての経験で何も分からなかったが、もしかして稔は避妊具をつけていないのではないだろうか?

「あの……コンドーム……は、つけていますよね?」

そろりと尋ねた沙織の言葉に稔は答えず、ただ喉の奥でククッと低く笑っただけだった。

「──!!」

その時の絶望感を、どう表現すれば良かっただろうか。

稔の子を孕むかもしれないという恐怖を覚えたまま、沙織は彼に突き上げられ、激しく求められた。

嫌なのに体は反応し、女に慣れているだろう五十男の手によって喘がされる。

（……セックス、しないって……っ、思っていたのに……っ）

たくましい雄茎に蜜洞を何度も擦られ、両手で口を押さえたまま、沙織は稔への恨みを募らせた。

だというのに体は女として淫奔に花開き、寝室にジュプジュプと濡れた音が響き渡る。

沙織は貫かれながら敏感な肉芽を指で弾かれ、処女だというのに初めての行為で何度も達してしまった。

一際ベッドが激しくたわんだかと思うと、稔が低く唸って胴震いする。沙織の体内で彼の肉棒が膨らみ、ビクビクッと震えて最奥に吐精した。

（ああ……）

絶望した沙織はこの男の子供ができる恐怖を覚え――、それでも初めての行為にドッと疲れて意識を失った。

その鼻先をかすめた香りは――。

# 第一章　Con dolore《コン・ドローレ》（未亡人の悲哀）

沙織は多角経営をする株式会社オムニス《O》・ガウディウム《G》で社長秘書をしていた。

ＩＴ機器産業では全世界に流通する、ＯＧの顔とも言えるスマホやパソコンを扱い、同時に世界的シェアのあるアプリ開発なども進んでいる。

他にも世界的に有名な自動車ブランド、楽器、『百花』ブランドの化粧品からプチプラまで、薬品産業では新薬の開発や最先端の細胞技術を使っての研究など、多岐に渡る。

沙織はそんなＯＧに入社を果たし、二年目の二十四歳にして社長の第二秘書をしていた。

財閥の流れを汲む家柄の御子柴稔は、十年前に妻を亡くしていた。稔は五十歳ながらも周囲から「素敵なおじさま」と言われる美中年である。同じ年代の女性の支持はもちろん、少し大人びた趣味を持つ若い女性からも人気があった。

ラッキーにも入社できた沙織だが、そんな大企業の社長秘書だというので、入社当初は戦々恐々としていた。第二秘書就任当日に稔に挨拶をしたあと、あまりの緊張で具合が悪くなってしまったほどだ。

高度経済成長期を経て日本のＩＴ業界の先駆けとなり、現在のＯＧの基盤を作り上げたのは稔の祖父と父だ。

社員の話では稔の父は厳格な社長だったらしいが、稔はとても温厚な人柄で社員に好かれている。実際沙織も秘書として働くなかで、ミスを犯しても稔に叱責された事はない。

むしろ第一秘書の角谷《かどや》の方が神経質な上に厳しい人で、沙織はミスをしないよう、いつも細心の注意を払っていた。

とはいえ、秘書業務と言ってもオフィスにいる時は割と仕事が地味で、朝から大量のメールを捌くところから始まる。

秘書課の方で社長宛のメールを社長秘書に向けて転送してくれるのだが、それでもメールは膨大な量だ。やっとそれが終わったかと思うと、多忙な社長のスケジュールに合わせて同行し、会議と会議の間に無駄な時間ができないよう移動時間を調整する。出張の時は稔が懇意にしている航空会社やホテルに連絡を取り、沙織自身も角谷と一緒に国内外を飛び回っていた。

だが私生活まで充実しているかと言われれば、そうではない。

秘書は社長の隣にいる存在でもあるため、常に身だしなみに気を遣っていなくてはならない。また語学力やマナー的な事も問われる。必要最低限の資格は得たと言っても、沙織は生来まじめな気質であったため、さらにステップアップするためにあらゆる投資を惜しまなかった。

奨学金の返済や親への仕送りもあり、結果的に沙織の生活は逼迫していた。

「七瀬くん」

「はい？」

稔に何気なく話し掛けられたのは、九州に出張して接待を受け、ホテルに戻った時だ。

話があると言われてホテルのバーに向かい、二人は三十五階の窓向きのカウンターから夜景を見下ろしている。

角谷は今回出張に同行せず、本社に残って別の仕事をしているので稔と二人きりだ。

「親戚がずっと、『再婚しろ』ってうるさい話はしていただろう？」

「あぁ……。はい。大企業の社長というのも大変ですね」

一人では絶対に入らない高級なバーで一杯二千円近くするカクテルを飲み、沙織は気の毒そうに頷く。

自分にはまったく関係のない話だと思っているので、そのような相槌を打つのが妥当だ。

「そろそろ親戚たちも痺れを切らしてきて、勝手に私の相手を用意しようとしているんだ」

「それは……厄介ですね。ですが好きな女性はいらっしゃらないんですか？　お付き合いをしていると報告するだけでも、ひとまず収まるのでは……」

何気なく、無責任ではない程度に打開策を提案したつもりだった。

だが稔は沙織の言葉にやけに食いつき、体ごとこちらを向いて「やっぱり君もそう思うか!?」と手を握ってきた。

「えっ!?」

訳が分からず目をぱちくりとさせると、稔が信じられない提案をしてくる。

「七瀬くんは奨学金の返済や親御さんへの仕送りがあって、色々大変だと聞いている。さらに秘書業に向き合って、スキルアップや外見磨きも頑張っているそうじゃないか」

「……は、はぁ……」

濃紺のスーツを着て髪をきっちり纏めた沙織は、一分の隙もないという外見に似合わない気の抜けた声を上げる。

「その苦労から抜け出したくないかい？」

稔の言葉を聞き、沙織の頭の中が「？」で一杯になる。確かにこの生活から脱したいと思っているのは確かだが、余程の奇跡がない限り無理だと分かっている。

「……あの。何を仰りたいのですか？」

怪訝な表情のまま尋ねると、稔は沙織の手をしっかり握りしめ、目を見つめて告げた。

「私の妻にならないか？」

「………」

いつもなら何事にもすぐ対応できるように、まず「はい」と返事をしていた沙織だが、その時ばかりは思考が止まり返事ができなかった。

（聞き間違いかな……）

あまりにあり得ない言葉に、主語を途中で聞き違えたか、稔が言い間違えをしたかもしれないと考える。

待っていれば稔が言い直してくれると思っていると、追撃を喰らった。

「七瀬くんならいつも私の側にいるし、そういう仲になっても周囲は理解してくれると思うんだ」

（やっぱり私だった！）

握られた掌にじっとりと汗を掻き始めるが、稔の手を振り払うなどできない。軽く拳を握ろうとした動きで、ようやく稔が「ああ、失礼」と手を離してくれた。

「七瀬くんがいま提案した通り、私は親戚のうるさい催促を躱《かわ》すために誰かを必要としている。だが私は七瀬くんの気持ちも尊重したい。君の立場になって考えても、こんなおじさんが夫だなんて可哀想だ。なので結婚して籍を入れても、七瀬くんの恋愛には寛容でいたいと思う」

まだ何も言っていないのに饒舌に話され、沙織は絶句したまま稔を見つめる。

「私は妻が欲しいのであって、七瀬くんの愛情や心まで縛ろうと思わない。その代わり君には金に困らない生活を保証するし、……こう言うと卑怯だが、病気のお母さんにいい医者を紹介できると思う」

「…………！」

実家の母の事を言われ、沙織はハッと息を呑んだ。

母は割と重めの皮膚病を患っている。現在は飲み薬や塗り薬でやり過ごしているが、高度な治療を受ければかなり良くなると言われていた。

だが実家にはその費用がない。父は安月給でなんとか生活費を稼ぎ、動けない母は体の辛さを我慢して家で内職をする日々だ。

当惑した目で稔を見つめ直すと、彼は「すべて知っている」という表情で微笑む。

「こういうやり口は汚いと分かっている。すまない。だが私は誰でもよくてこんな話をしているのではない。私がこの目で働きぶりを確認し、まじめでいい子だと思ったから側にいてほしいと思った」

穏やかな口調で言われ、沙織はよく考えてみる。

確かに今の自分に必要なのは、金の一言に尽きる。

加えて仕事が忙しくて恋愛などする暇もないし、恋愛をしたいという願望もほぼない。

ずっと前、就職時期に心の支えになってくれた人はいた。

その人の本当の名前は知らない。名前を尋ねても偽名しか教えてくれなかったのだ。OGの面接に落ちたと思い込み悩んでいた当時、沙織はその青年に出会った。

彼は当時の沙織一人では食べられないお洒落なカフェでご馳走してくれ、親身になって励ましてくれた。結果、彼と一緒にいる間に、沙織のOG内定が決まった。

けれどその後、恩人とも言える彼は「またいつか会いに来る」と言い残し、姿を消してそのままなのだ。

あの時の彼に対する想いが、淡い恋だった……のは否めない。

それでも、もう二度と会えないだろうと諦めている彼に操を立てるのもおかしな話だ。かと言って稔の求婚にすぐ頷ける訳でもない。

「それに、七瀬くんだっていつだったか結婚相手の条件について話していた時、『自分の子供には経済的に苦労をさせたくない』と言っていたじゃないか。その点では私は条件をクリアできていると思うんだ」

迷っている沙織に、稔は言葉を重ねる。まるでそうする事によって、沙織の考える隙を奪おうとしているようだ。

沙織は両親に愛されて育った。けれど家が裕福でないのは確かで、金がなくて苦労する面もよくあった。外食などしないのが基本だったし、野菜ばかり食べて育っていたので子供時代はひょろりと細かった。

母の実家は裕福な家だが、駆け落ち同然で結婚したらしく、今でもその確執がある。沙織からすれば「こんなに生活が苦しいんだから、意地を張ってないでお祖母ちゃんたちにお金を借りたらいいのに」と思う事もしばしばあった。

しかし母は愛している父を職業や学歴で判断され、馬鹿にされたのをいつまでも気にしているらしい。父は「もう気にしていない」と言っているのだが、母は娘であるがゆえに親である祖母を許せていない。

沙織が進学する時に奨学金を頼ったのも、そのような背景があった。

母は頑として祖父母に頼ろうとせず、父方の祖父母からたまに送られてくる食べ物をありがたく受け取り、細々と生活していた。

大人になった今、ＯＧに就職して自分の人生はこれからだと思っている。

ＯＧのような一流企業に勤めたら、きっといい出会いがある。そんな野心があったのも否めない。両親の事は愛しているが、沙織は結婚するなら経済的に困らない人がいいというこだわりを持っていた。そこを稔に突かれ、ぐうの音も出ない状況になる。

「……ですが私では力不足なのでは？　二十四歳の小娘に、社長の妻が務まると思えません」

そう言いつつも、沙織はここが人生の分岐点なのではと思っていた。

ここで稔の手を取れば、自分の人生は大きく変わる。取らなければ貧乏生活のまま、母もいつ大きく体調を崩すか分からない。恋愛もろくにできていない現状、結婚なんて夢のまた夢だし、両親に孫を見せられるかも分からない。

稔の前で迷いながら、沙織は打算的な自分と必死に戦っていた。

「私はあらゆるものから七瀬くんを守ると誓おう。親戚にも何も言わせないし、会社でも君を守る」

その言葉に心が動いてしまった。

沙織は恋愛経験がほぼなく、男性からこんな言葉を掛けられた事もない。

大企業の社長に求婚されるというあり得ない状況で動揺し、出張の疲れもある。加えて高層階にあるバーという空間の魔力、そしてアルコールによって頭が少しぼんやりしていて――、思考能力が落ちていた。

稔と一緒に仕事をしていて、穏やかな人柄を好ましく思っていたのもあるし、彼とならば温かな家庭を築けるのかもと、初心な気持ちが夢を見させた。

「……私などでいいのなら……。お受けします」

ポソッと呟き微笑むと、稔の腕が伸び抱き締められた。

「っ……」

年齢の割にしっかりとした体を感じ、沙織は急に彼を男性として意識し始める。

「ありがとう、七瀬くん。……いや、沙織」

名前で呼ばれて抱き締められ、沙織の胸に温かな感情が宿る。

年齢差など関係ない。世の中には色んなカップルや夫婦がいる。自分たちは自分たちの家庭を築けばいいのだ。——たとえ、契約結婚だとしても。

しばらく抱き合った二人はそっと体を離し、照れたように笑い合って酒の続きを楽しんだ。


それからの稔の行動は早かった。

まず沙織の母はすぐに都内の大きな病院に入院させられた。あらゆる検査をして病状が軽くなるまで、期限を決めず個室で過ごす処置を執られる。もちろん、費用は稔持ちだ。

それだけでなく、「ついでだから」と言って引っ越し業者に家具を纏めさせ、沙織の父をお見舞いに行きやすい立地のマンションに引っ越しさせてくれた。

ガタのきていた中古の実家は稔が負担をして建て替えとなる。マンションは稔が所有している不動産なので、特に家賃は要らないとの事だ。何から何まで世話になってしまい、逆に沙織は申し訳なくなるほどだ。

けれどこれですっかり両親は稔を崇拝するようになり、沙織の実家で彼は神様のような扱いを受けていた。

沙織の願いを最初に叶え、ある日稔は彼女に書類を差しだしてきた。

「……契約書？　……と婚姻届」

印鑑持参でと言われて社長室に来てみれば、結婚するに当たっての決まり事の書かれた契約書を出され、沙織は目を瞬かせる。書類の一番最後には婚姻届がある。そこにはすでに稔の名前が書かれていて、あとは沙織が記入すればいいだけになっていた。

「何ですか？　これは」

「見ての通りだ。ほら、私たちの結婚は少し特殊だろ？　お互いに激しく想い合って恋愛結婚をするという訳でもない。だから心地よく生活するために、ルールを決めた方がいいと思うんだ」

「確かに……そうですね」

契約書は弁護士にでも頼んだのか、第一条一項から細やかに書かれてある。

「いま読んでくれないか？　質問があったら何でも聞いてほしい。特に何もなければ、すべての書類に署名と捺印を頼む」

沙織は社長室の応接セットに座り、「それでは拝読します」と契約書を読み始める。

稔はデスクに戻り、仕事の続きを始めたようだった。

最初は当たり障りのない夫婦の決まりが書かれ、沙織は何の抵抗もなくスラスラと読んでいく。だが第五条に差し掛かった辺りで「ん？」と眉を寄せた。

（結婚式は親戚を説得した後に行う……）

些《いささ》か気落ちしたが、稔の立場を思えば仕方がない。大企業の社長で家柄を遡れば華族にも繋がる人が、一般人の秘書と結婚すると言ってもそう簡単に周りは許さないだろう。

稔に対して恋愛感情はないとはいえ、仮にも籍を入れるのだから普通に結婚式をして……という想像をしていた。沙織だって、ウェディングドレスに夢を見る女性である。

（普通に結婚できると思わない方がいいんだろうな）

自分に言い聞かせ、沙織はさらに契約書を読んでいく。

途中で「必ずしも子供を作るとは約束できない」とあって、それも少し残念に思った。

大企業の社長なので、当然跡取りを求めると思っていた。

稔には逸流という一人息子がいて、現在イギリスに留学中だ。逸流がいるので跡継ぎには困らないだろうが、九州のホテルで、「子供には金銭的な苦労をかけたくない」と言う沙織の望みについて話していたので、子供の事も考えていると思ったのだ。

（もう優秀な息子さんがいるから、これからの結婚生活に新しい子供はいらないのかな？やっぱり契約結婚なんだから、甘い生活とかは期待しないでおこう）

けれどそれはそれで、親戚に余計な期待をされずに済むと思った。加えて失礼だが、稔は年齢的にそういう行為を望んでいないだけかもしれない。

（あれ……）

性行為がまったくないかと思いきや、夫婦の夜の生活について書いてある項目に至った。

(『夫が求める事にはすべて応えること』か。社長といつかそういう関係になるのかな)

両親や自分の生活を援助してもらった手前、沙織だってただ籍を入れればいいだけと思っていない。結婚する以上、いつか稔に性的に触れられる日もあるのだろう。

(それは仕方がないか)

ただ「最後まで挿入をしない可能性は高い」と書いてあったので、少し奇妙に思うと同時に安心する気持ちもあった。

(……よし、これなら大丈夫)

すべて読み終わったあとにもう一度最初から確認し、沙織は契約書にサインをし、印鑑を押した。それから婚姻届にも同様の処理をする。婚姻届の証人欄には、すでに名前が書かれてあった。

「終わりました」

「ご苦労様。君の戸籍謄本は角谷に頼んで取り寄せておいた。これから時間をあげるから、区役所まで行ってきてくれるかい?」

「…………はい」

てっきり、夫婦になるのだから一緒に婚姻届を出しに行くのかと思った。

結婚というものに少なくとも夢を見ていたので、沙織は理想と契約結婚の現実の差を思い知る。

（結婚生活も仕事の延長のような感じなのかな）

沙織は「仕方ない」と自分に言い聞かせ、社長室を後にした。


その後、沙織は稔から結婚指輪を贈られ、赤坂にある豪邸で一緒に暮らすようになった。会社内で二人の関係を知るのは、角谷と人事部の一部だけだ。それも、稔の厳命により口外しないように言われている。

「今は形だけの結婚ですまないね。親族には慎重に話していかないと、『財産目当てだ』とか、嫌な事を言われかねない。そこは長期的に考えて、懐柔しやすい人からじっくり説得していくつもりだ」

「分かりました。稔さん。守ってくださってありがとうございます」

結婚した事実を周囲に公表できないのは、ある意味仕方がないと思っている。結婚指輪は、出勤する時も友人に会う時も外している。外出する予定がない日に家の中でだけ、沙織は結婚の証をつけていた。

稔はいい夫になってくれたと思う。

ただ一つだけ耐えがたい点はあったけれど、それ以外は何も問題はなかった。

海外にいたという息子——逸流も結婚してすぐに駆けつけてくれ、自宅でご馳走を食べて酒を飲んだ。

二十一歳だという逸流は、現在イギリスのフィンチェスター大学に通っているそうだ。世界の名門大学と言えば必ず名前の挙がる学校名に、沙織は「さすが稔さんのご子息」と驚く。

逸流は背がスラリと高く、まだ若いのに大人びた色気のある青年だった。息を呑むほどの美形で、あまり口数が多くない。少し長めの前髪の陰から、濃い睫毛に縁取られた目がまっすぐ沙織を見つめてくるのが印象的だった。そんな目を向けられればドキッとするし、彼からはとても大人っぽい妖艶でいい香りがする。留学している事もあり、「洗練されているな」と思っていた。

家政婦が帰ったあとに宅飲みはまだ続き、沙織はほろ酔いになって手洗いに立っていた。戻ろうとすると、廊下の途中に逸流がいてこちらを見つめている。

「逸流さん、なんですか？」

「……いえ、別に。お義母さん」

年齢は三つしか違わないのに「お義母さん」と言われ、沙織は思わず笑い出した。

「逸流さん、私が御子柴家に入ったのを歓迎してくれるのは嬉しいですけど、大して年齢が違わないのに『お義母さん』なんて言わなくていいですよ？」

逸流の気持ちは嬉しいが、二十四歳でまだ子供もいないのに「おかあさん」は変な気持ちになる。

「……そうですか？　でも今はまだお義母さんですから」

微かに笑って逸流は背中を見せ、バーカウンターがある部屋に戻っていった。

「……今はまだ？」

逸流の言葉が引っかかり、沙織は一人首を傾げた。

いずれ義母ではなくなるという言い方ではないか。

（……表向き受け入れてくれているけど、いずれこの家から追い出すという事？）

楽しかった気持ちが不安に塗り潰され、沙織は一気に消沈してしまった。

「……調子に乗るなっていう事かな……」

結婚して義理の家族から、受け入れたように見せかけて嫌みを言われるというのは、よくある話だ。

（これからご親戚にどう思われるか分からないから、過剰に期待しないでおこう。今は目立たないように、契約結婚のお役目を果たそう）

少し酔いが醒めてしまった気もするが、沙織は気持ちを取り直して戻る事にした。


その夜、沙織は稔に抱かれた。

酔い潰れたところに目隠しをされ、逸流が眠っている横で処女を奪われたのだ。

宅飲みをしている途中に逸流と話していると、やけに稔の視線を感じた。チラッと稔を見ると、含んだ視線を沙織に送っている——ように見えた。

彼の目が「若い逸流の方がいいのか?」と言っている気がし、沙織は一人で焦っていた。あまりに逸流が美形なので、意識してしまったのは事実だ。沙織だって若くて美形な男性を見ると当然「素敵だ」と思う。けれど自分は稔と結婚したのだし、その辺りの線引きはしっかりできているつもりだった。

だが稔はそう思わなかったかもしれないし、逸流の事は関係なく、ただ夫として沙織に視線をやり、タイミング的にその日抱きたくなっただけ……という可能性もある。

気が付くと行為の果てに沙織は気絶してしまい、翌朝目覚めると服を着た状態でベッドで寝ていた。

稔は隣のベッドにいて、自分の横に寝てない事に安堵する。沙織は彼を起こさないようにシャワーを浴び、下腹部に違和感を覚えつつ着替えた。

「あ……」

リビングに向かうと逸流がいて、カウチソファに長い脚を投げ出し目を閉じている。

テーブルにはワインの瓶と空いたグラスがあり、彼が一人で飲んでいた事が分かった。

(……朝方に起きたのかな。まさかずっと起きていて私の声や音、聞かれてた……?)

そう思うと恐怖に似た羞恥に襲われ、沙織は声を発せず動く事もできない。

しかし逸流は人の気配を感じたのか、ふ……と目を開き微笑した。

「ああ、お義母さんおはようございます」

「――――。お、おはよう……ございます……」

ドキンッと胸を高鳴らせた沙織は、引き攣った笑みを浮かべた。ぎこちなく視線を彷徨わせ、何かしなければと思いキッチンに向かおうとする。

「父はまだ寝てるから、朝食はまだいいんじゃないですか?」

「え……。あ……はい……」

手持ち無沙汰になり、おろおろと視線を彷徨わせた沙織に、逸流は淡く微笑みかけた。

「座ったらどうです? まだ体も本調子じゃないでしょう」

「え……っ!?」

また鼓動が異様に高鳴り、沙織の頬がカァッと熱を持つ。

「な、何が、ほ、本調子……」

それでも必死になって否定しようとすると、逸流が不思議そうな顔をして付け足す。

「昨日、俺が作った酒を『美味しい、美味しい』って何杯も飲んでたじゃないですか。少しハイペースだなと思ってたんですが……。今はもうすっかり回復してるんですか? 二日酔いとかは?」

「え!? あ、………あ、はい。……だ、大丈夫……です」

酔っ払った事かと安堵し、沙織はソファに座り小さく息をつく。

「き……昨日はよく眠れましたか?」

「そうですね。酒を飲んだ事もあって、割とぐっすり眠れたみたいです。今朝起きて、気に入りのワインを見つけたので、もう一度飲み直してしまいました。……なぜ?」

「い、いえ! イギリスから帰国されたばっかりですし、疲れてないのかな? って……」

焦って誤魔化し笑いをする沙織に、逸流は苦笑いをする。

「だから、そんなかしこまった言葉遣いしなくてもいいですよ。俺は年下ですし、義理でも母親に敬意を表すのは当たり前です」

「え……。あ……。はい、逸流さん」

「『さん』もいりません。義息子《むすこ》にさんづけって、おかしいですよ」

「そ、そう……かな。……い、……逸流……くん」

「逸流でいいですよ、お義母さん」

そう言って逸流はゆったりと脚を組み、微笑む。二十一歳らしからぬ大人びた余裕を前に、沙織はなぜだか胸がドキドキするのを止められない。

「い、逸流……」

呼び捨てにするのが恥ずかしいなんて、中学生みたいだ。

「〜〜〜逸流くん、でお願いします！　呼び捨てはやっぱり無理です」

やはりハードルが高く、沙織は顔の前で両手を合わせ、そのままお辞儀をするようなポーズで頼み込んだ。

「……分かりました。そんなに低姿勢にならなくてもいいですよ」

言われておずおずと顔を上げ、沙織は自分の呼び方についても提案する。

「じゃあ、私の事も『お義母さん』って呼ばないで、名前で呼んで？　まだ子供もいないのに……、あ。逸流くんの事じゃなくて。稔さんとの間に子供ができていないのに、『おかあさん』っていう響きにしっくり来ないいんです」

「分かりました。沙織さん」

「言葉遣いもお互い敬語をやめない？」

「そこは一応、沙織さんは義母で年上ですし」

「んー……、分かった」

顔を見合わせて微笑むと、いくぶん逸流とも打ち解けられた気がする。

「おはよう」

そこに稔の声がし、沙織はビクッと肩を跳ね上げてリビングの入り口を見た。稔はまだ眠そうな顔をし、目を擦っている。

「お、おはようございます。お水飲みますか？」

「ああ、頼む」

昨晩の声を逸流に聞かれていないと分かって安心したものの、三人が揃うとどこか落ち着かない。

沙織はすぐに立ち上がってキッチンに向かい、稔に水を渡すと朝食の準備を始めた。

＊＊

逸流はすぐイギリスに戻り、沙織が稔と結婚して半年が経とうとしていた。

七月の下旬、稔の帰りが遅いなと思っていると、電話があった。

「はい、御子柴でございます」

相手は警察で、署の名前と所属を告げる。

『ご家族に御子柴稔さんという方はいらっしゃいますでしょうか?』

ドキッと心臓が跳ねた。

一瞬、大企業の社長であるがゆえに、稔がなにか後ろ暗い事でもしていて、それが露見したのかと思ったのだ。

「お……夫ですが……」

おずおずと答えると、電話の相手は淡々とした調子で続ける。

『旦那さんは現在都内の国枝《くにえだ》総合病院にいらっしゃいます。成田空港から東京に戻る高速道路で事故を起こされました。すぐに来て頂けますか？』

受話器を持っている手が、ブルッと震えた。

「わ……分かりました。今すぐ向かいます」

細い声で応えると、警官は国枝総合病院のどこに来てほしいかという事を告げて、電話を切ってしまった。

「…………お、落ち着かないと……」

しばし呆然としたあと、沙織は半袖のワンピースの上にカーディガンを羽織り、ショルダーバッグにスマホと財布、その他最低限の物を突っ込んで玄関をまろび出た。

タクシーを拾って病院に駆けつけたが、稔は交通事故で息を引き取ったあとだった。車を運転していた角谷も重傷を負ったらしい。

悲劇の原因は、稔が後部座席でシートベルトをしていなかった事にあったようだ。

沙織は結婚して半年で――、未亡人になった。

それからあとの事は、ショックであまり覚えていない。

ＯＧの顧問弁護士がやってきてあれこれ手続きをしてくれ、沙織は莫大な遺産を得た。

会社は当面のあいだ、稔の父であり会長職に退いていた彰史《あきふみ》が社長を担うそうだ。同時に逸流がフィンチェスターを卒業すれば、学んだ事を生かしてOGの社長兼CEOに就任する予定になったという。

彰史とその妻は、稔が沙織と結婚した事を知っている僅かな存在だ。沙織がショックで動けなくなっている間、陰ながら色々手配してくれたのも彰史だろう。

沙織は妻として多額の遺産を受け取る事になったが、その存在を親戚たちに隠すのも、また彰史たちが協力してくれた。

公式に妻と発表されていない沙織が遺産を受け取っていたとなれば、稔の親戚たちは一斉に沙織を「遺産狙いの結婚」だの「泥棒猫」だの言って非難してくるだろう。

稔の財産の総額が幾らあるか分かっていないからこそ、彰史も上手に誤魔化せたようだ。

沙織は赤坂の御子柴家に住み続ける事になり、家政婦や運転手、庭師なども継続して雇われる。事情を知っている彼らは沙織に同情し、味方になってくれた。

秘書業については、当面社長となる彰史の側で働く事になった。

# 第二章　Adagio《アダージョ》（ゆるやかに癒やされる心の傷）

沙織は両親にだけは稔が亡くなった事を打ち明け、茫然自失としたまま葬儀に臨んだ。

黒紋付を着た沙織は、『秘書』として葬儀に参加していた。

沙織が赤坂の家にいる事も、生前の稔に言われ屋敷を管理しているという名目になっている。

その家もいずれ逸流の物になるという説明で、親族が押しかける心配もない。

立派な祭壇に稔の写真が掲げられ、沙織は僧侶の読経を聞き続ける。妻だというのに、自分が座っているのは隅の方だ。

喪主は逸流が務め、沙織はそのサポートをする。

事情を知っている逸流は時々気遣わしげな視線をくれるが、沙織は我慢して秘書に徹していた。

「はぁ……」

翌日に告別式が終わり、沙織は赤坂の家のリビングでソファに座り込む。

「大丈夫ですか？　沙織さん」

微かにソファをたわませて、逸流が近くに座る。

多忙になった彰史は、「一息つく事もできん」と言って会社に戻っていった。

「大丈夫……です。逸流くんもショックでしょうに、気遣ってくれてありがとう」

沙織はこの数日だけでやつれてしまった。

食事もろくに喉を通らず、葬儀の準備で大忙しだった。葬儀の途中も悲しみに暮れる暇もなく、遺産の事やあまりにも突然だと嘆く親戚たちの愚痴を聞き、宥めるのに必死だ。

そういう現場を見て、逸流や彰史がさりげなく沙織に用事を言いつけ、親戚たちから遠ざけてくれた。彼らは自分たちが話題の中心になる事で、沙織を守ろうとしてくれたのだ。

「俺は平気です。父のように社会的立場のある人は、いつどうなるか分からないと前々から思っていたので、覚悟はしていました」

逸流の言葉に、大企業の息子としての自覚を感じ、沙織は「凄い」と感心して溜め息をつく。逸流に比べ、自分は年上だというのに動揺してばかりで何とも情けない。

「沙織さん、大丈夫ですか？」

もう一度尋ねられ、沙織はノロノロと逸流を見る。

黒いスーツに身を包んだ逸流は、普段と変わりないように思えた。だが彼だって実の父が急死したのだから、ショックを受けているに違いない。

逸流の母——稔の妻は十年前に病死しており、彼は唯一の家族を喪ったのだ。

憐憫《れんびん》の情を抱きつつ逸流を見やるが、逆に逸流は長めの前髪の陰から、思慮深い目でジッと沙織を見つめ返しているだけだ。

「……私は、大丈夫」

微笑もうとしたが、次の逸流の言葉で笑みが消えてしまった。

「一回も泣かなかったでしょう。いや、親戚連中がいるから泣けなかったでしょう。恋愛結婚でなかったのは分かっています。しかもあなたは父と結婚して半年も経っていない。共に過ごしたのは半年足らずだとしても、何らかの情があったはずだ」

——やめて。

疲れ切った心に、逸流の飾らない言葉が染みこんでいく。

沙織は気丈に振る舞っていたいと望んでいた。それなのにここで泣き崩れてしまえば、張り詰めていた糸が切れて二度と立てなくなりそうで怖い。

「……大丈夫、です」

緩く首を振って立ち上がろうとすると、逸流に腕を引っ張られ抱き締められた。

「っ！　何を……っ」

逸流からフワッといい香りがする。

葬儀があったので香水はつけていないだろうし、きっと彼の体臭なのだと思う。深く官能的な香りで、「いい匂い」と思った沙織は本能的に深く息を吸い込んだ。

穏とは違う、若い男の香りに思わず頭がクラッとした。

「泣いてください」

「！」

抱き締められ、耳元で囁かれた声は低く艶やかだ。

背中に逸流の手が回され、トントンと軽くさすってくる。沙織の涙を促すような行為に、彼女は思わず鼻の奥にツンとしたものを感じた。

「……だって……私……」

「お願いです。泣いてください。このままではあなたが壊れてしまう気がする」

体を伝って逸流の声が響き、張り詰めていた沙織の心を穏やかにしていく。

逸流の手が動き、後ろで一つに纏めていた沙織の髪を解放した。ウェーブの掛かった長い髪を手で梳き、凝っているだろう首の裏を優しく揉む。

「……ふ……、ぅ……っ、――――わ、たし……っ」

逸流の体温に包まれ、沙織の涙腺がとうとう決壊した。

ボロボロと大粒の涙が零れ、嗚咽が漏れる。華奢な肩を震わせ静かに泣く沙織を、逸流はいつまでも抱き締め、背中をさすってくれていた。

脳裏に蘇るのは、稔との穏やかな生活だ。

朝は忙しいので家政婦の作った朝食を共に取り、家を出てから社長と秘書という関係に気持ちを切り替えた。会社では稔から事あるごとに「ありがとう」「助かるよ」と声を掛けてもらい、「この人の側で働いていて良かった」と思えた。

接待で沙織が同席し、取り引き相手に「魅力的な女性ですね」とからかわれても、稔は優しく助けてくれ、沙織が嫌な思いをしないよう気を遣ってくれた。

恋愛感情があるかどうかは置いておいて、稔はいい上司だった。

自宅でも、稔は沙織が手料理を作った時、何でも「美味しいよ」と言ってくれた。コーヒーやお茶を淹れると「気が利くね」と微笑んでくれた。確かにそこに夫婦としての〝情〟はあったと思う。

稔と結婚するまでは一人暮らしの家に帰るのが当たり前だったが、彼と結婚してから同じ家に〝家族〟がいる空気に安心できた。テレビを見ていても笑うポイントは似ていたし、政治について話しても大人の男性らしい参考になる意見を聞けた。

稔と〝家族になれた〟という事実はきちんと存在していたのだ。

――それが、無くなってしまった。

心の一部にポッカリと虚ろな穴が開き、何をしても埋められないでいる。

まだまだ、妻として至らない点は多々あったと思う。

稔との夜の生活についても、完全に彼を受け入れられないでいた。

それでも沙織は稔に心を開き、契約であっても「家族になろう」と努力していた。新しい生活にも何とか馴染もうとし、義理の息子である逸流とも仲良くやれていけたら……と思っていた矢先だったのだ。

「う……っ、――ぅ、う……っ」

むせび泣く沙織を、逸流は優しく抱き締め背中を撫でてくれる。

そのとき確かに、逸流は沙織の癒しで、心の支えだった。

血の繋がっていない義理の母と息子でも、心が繋がり温かな関係になれたのだと沙織は思っていた。

＊＊

逸流は初七日まで赤坂の家にいてくれて、その後も沙織は周囲の人々に支えられて何とか生活できた。

通常、配偶者の忌引き休暇は十日とされているが、彰史は「二週間ぐらい休んでも構わない」と言ってくれる。

だが沙織は立ち止まったらもう二度と歩けない気がし、各種手続きを終えてしまったあとに、一日だけ体を休める日を挟み、すぐに仕事に戻った。

そのようにして一週間、一か月と時間が経つ。

逸流は沙織の事を気に掛けてくれてか、毎日のようにスマホのメッセージアプリで連絡をくれ、タイミングが合えばテレビ通話でたわいない話をしてくれた。

逸流はイギリスのフィンチェスターという都市に住んでいる。フィンチェスターはロンドンには及ばないものの、名門大学のある都市という事で常に観光客で賑わっている。

そこでの何気ない毎日を話してくれたり、日本からほぼ出た事のない沙織には想像できない、イギリスあるあるなどを教えてくれる。

加えて数週間に一度、沙織に贈り物をしてくれた。現地の美味しいお菓子や化粧品などをくれるのだ。

シャンボン・エ・ウォールという高級チョコレートや、ジョン・アルクールというロンドン発のフレグランスブランドなど、沙織には馴染みのない物ばかりだ。

特に逸流が「沙織さんに似合いそうな香りだから」と言うコロンは、月下香の甘く官能的な香りがし、沙織は一瞬嗅いだだけで一気に好きになってしまった。

同時に贈られてきたのは、フル・オブ・ラブという現在世界的に大流行しているイギリス発の化粧品だ。

海外セレブが愛用しているとSNSで話題になり、日本でも若い女性が熱中している。

若年層がターゲットかと思えば、エイジングケアや医薬部外品のラインナップもあり、ファンデーション一つにしてもあらゆる肌色に対応している、多様性のあるブランドだ。

その中から逸流は、ベースメイクにしても沙織の肌色にぴったりな物を贈ってくれるのだった。

逸流のプレゼントがきっかけで、沙織はそれらのブランドが日本にもあるのか調べてみた。するとジョン・アルクールもフル・オブ・ラブも、都内問わず全国に店舗が展開されている。お陰で家に閉じこもっていないで、外へ出てみようという気持ちになれた。

そのように、直接側にいなくても逸流は常に沙織を励ましてくれる。沙織も日々彰史を支えて働きながらも、次第に元気を取り戻していった。

「ねぇ、逸流くんって前に私と会った事なかったっけ？」

テレビ通話ができるのは時差の関係上、基本的に逸流の学校が休みの日だ。

沙織が寝る前の二十三時頃にテレビ通話をしようとすると、向こうでは午後二時に当たるので、基本的に話をするのは週末だ。

『なに？　ナンパですか？』

モニターの向こうの逸流は自分の家にいるらしく、シンプルな部屋が後ろに見える。

「もう、違うってば。……私、どこかで逸流くんに会ったような気がするんだけど」

『気のせいじゃないですか？　俺は数年前からこっちにいますし、沙織さんが大学進学時に千葉から都心に来たとしても、どこかですれ違う確率はとても低いです』

「そっか……」

そう言われると、先日この赤坂の家で会った時がやはり初対面なのだと思った。

（本当に逸流くんをナンパしてるみたいな気持ちになってきた……。恥ずかしい）

「ご、ごめんね？」

『何がです？　謝らなくてもいいじゃないですか。俺はそういう風に思ってもらって、逆に嬉しかったですよ。沙織さんにまた一歩近付けた気がします』

「……そ、そう？　ありがとう」

こういう時、突き放さない態度がありがたい。

彼はあまり感情を表に出す方ではないが、こうしてじっくり付き合ってみると滲み出るような優しさを感じる。

「来月、四十九日は来れるの？」

『ええ、行きますよ。表向き喪主なので、諸々、沙織さんの手伝いもします』

逸流の返事を聞き、沙織の心がホッと温かくなる。頻繁に気に掛けてくれている逸流の存在をありがたく思うし、彼に救われて自分は明るさを取り戻せていると常々思う。

「その時は、ちゃんと顔を合わせてゆっくり話そうね」

『はい、楽しみにしています』

(今度もご親戚の方々から何も言われないように、完璧に準備をしないと)

多忙な逸流の時間を独占するのも悪く、テレビ通話は三十分ほどで終わった。

「ふぅ……」

リビングで溜め息をつきノートパソコンを閉じると、沙織は何とはなしに仏間に向かう。

座布団に正座をし、稔の遺影に向かって微笑んだ。

「逸流くんは、私が寂しがらないように気を遣ってくれています。本当に優しい人ですね。

……いい、……家族になってくれたと思います」

本当なら稔と三人で新しい家族に……と言いたかったのだが、それは詮無き事だ。

「……契約でも、家族になれた時間は楽しかったのに……」

性的に触れられるのはまだ抵抗があっても、家族としては良い関係を築いていけるように、お互い努力していた。

少なくとも、その気遣いによって生まれた空間はとても居心地良かったと思う。

一緒にいるうちに、もしかしたら稔を好きになれたかもしれないという可能性もある。

(……もう遅いけど……)

額縁の中の人になってしまった稔を見て、沙織は小さな溜め息をついた。

＊＊

九月の中旬に四十九日が行われた。稔が亡くなってから二か月弱が経とうとしているからか、御子柴の親戚たちも落ち着いているようだった。

今度は沙織もしっかり進行補助ができたからか、年嵩の女性たちに「あなたは秘書だからか、しっかりしていていいわねぇ」と褒められる。

それでも法要が終わったあと、沙織はまた疲れて自宅で座り込んでいた。

赤坂の屋敷の和室には仏壇があり、そこに稔の写真と位牌が置かれてある。

単衣の黒紋付を着た沙織は、仏壇の前に座ったままボーッと稔の遺影を見ていた。

「どうしたんですか？」

不意に逸流の声がし、沙織はノロノロと顔を上げる。

葬儀の時と同じように黒いスーツを着た逸流は、沙織の側に膝をつき顔を覗き込んできた。

「やっぱり疲れましたか？」

そっと額に手を当てられ、疲れたのだろうか？　と沙織は自問する。

「……まだ信じられない気がするの。稔さんはどこか遠い場所にいるだけで、そのうち戻ってくるような……」

短い夫婦生活を思い出せば、穏やかな時間を送っていたと思う。

失って初めて……というのは月並みだが、本当にその通りだ。

「……四十九日が経ったのに、まだ泣いているんですか？」

「え……？」

頬に逸流の指が触れたかと思うと、その先には涙の雫が光っていた。泣いているつもりなどなかったのに……と呆けていると、逸流がその指をチロリと舐める。

「え⁉」

今度は驚いて声を出すと、逸流が悪戯っぽく笑った。

「せっかく元気になってきたんですから、思い出して落ち込まなくていいですよ」

そう言って逸流はフワッと沙織を抱き締めてくる。

「いつ……る、くん？」

すっぽりと彼の腕の中に収まり、沙織は戸惑った声を出す。だがトントンと背中をさすられ、例によって彼がまた慰めてくれているのだと知った。

「……ありがとう」

「沙織さんは俺の大事な家族ですから」

義理の息子でも、そう思ってくれる人がいる事に、涙が零れてしまいそうになった。

（少しずつ、前を向いて歩けるようにならないと……）

自分でもこの悲しみの理由が、優しい上司を喪ったからなのか、夫を喪ったからなのか分からない。

少なくとも入社して以降、沙織にとって稔は『上司』であった期間が長かったからだ。家族愛はほんのりとあったかもしれず、異性愛については自信がない。

けれど自分に遺されたもの——血は繋がっていないとはいえ、息子がいる限り、沙織は逸流の成長を見守る事が自分に残された使命だと思った。

会社は彰史がきっと上手く経営してくれる。自分は秘書としてOGのために一生を捧げる事が、何より稔のためになると思っていた。

また同じように時が流れ、沙織も過去を引きずってばかりいられないと、どんどん前向きになっていった。

角谷はまだ復帰せず、角谷の後任として入った秘書と協力して彰史を支える。逸流はフィンチェスターに戻り、同様に遠距離ながらも沙織を励まし続けてくれた。

転機が訪れたのは、一周忌を無事終えた日だった。

一周忌は都内のホテルで稔の友人知人を招いて行ったので、気遣いも多く疲れ果てる。

救われたのはホテルのスタッフもいて手助けをしてくれた事だ。それでも沙織は秘書として忙しく働き、午後になってようやく赤坂の家に戻った。

部屋で着替えようとした沙織はお太鼓結びの帯に手を掛ける。

その時コンコンとドアがノックされた。

「――逸流くん？」

この家に誰かがいるとすれば、逸流しかいない。

返事をするとドアが開き、逸流が姿を現した。彼はネクタイを解いていて、胸ポケットに無造作に入れている。シャツのボタンが二つほど開いていて、沙織はドキッとした。

この家は逸流の家でもあるので、当たり前に彼のラフな姿も見ている。それでも喪服のシャツがはだけているのを見ると、どこかいけない感じがして直視していられなかった。

「沙織さん。話があるんですが」

逸流の言葉に、何となく胸騒ぎを覚える。

「あの……。私、先に着替えてしまってもいい？　帯も解いた途中だし。このままはちょっと……」

だらりと下がった帯を庇うように、沙織は逸流と向き合う。

しかし逸流は無言で部屋に入ってきて、沙織を抱き締めるように背中に手を回した。

「……いつ」

また慰めてくれるのかと思ったが、沙織の耳に入ってきたのは、シュル……と帯を解く音だ。

「逸流くん!? な、何を……っ、ん、――――む」

脱がされていると理解して抵抗しようとした。だが次の瞬間、逸流の顔が迫ったかと思うと、唇を塞がれていた。

柔らかい、ふんわりとした唇の感触に思考が停止し、手も止まる。

唇はすぐに離れたが、目の前に熱を宿した逸流の瞳がある。普段物静かで感情を出さない彼の、秘められた情熱を見た気がして沙織はドキッとした。

慌てて逸流の胸板を押そうとするが、抱き留められて動けない。

(なに……。力一杯抱き締められている訳じゃないのに……)

逸流は身長百八十センチ以上はある。体も鍛えていて、胸板も厚く体つきも細身に見えるがしっかりしている。当たり前に手足も長く、その腕の中で百六十センチほどの沙織は、閉じ込められるようにして抱かれていた。

「沙織さん。あなたが好きだ」

「え……っ」

とどめと言わんばかりに告白をされ、沙織は呆然としたまま逸流を見つめる事しかできない。

「父が亡くなってから、もう一年経った。父の事は忘れて、俺との未来を考えてほしい」

あまりにストレートな言葉を告げられ、予想外な台詞に沙織は目をまん丸にする。

——いや、心のどこかでこうなる事を望んでいる自分はいた。

稔を喪ってから、若く美しい逸流が側にいてくれ、遠い土地にいても絶えず気に掛けてくれる。異性として意識するなという方が無理だ。

同時に、心が痛くなるほどの背徳感が胸を支配する。

「……で、でも……私たちはもう家族だし。私は……逸流くんの義理のお母さんで……。逸流くんだって、私をお義母さんって呼んでいたじゃない」

戸惑った沙織に、逸流は酷薄な笑みを浮かべる。

「そんなの、演技に決まっているだろう。俺は初めて会った時からあなたを女として見ていて、隙あらば俺のものにしたいと思っていた。幸い父はあなたとの結婚を公表していない。親戚も、俺とあなたなら年齢的にも似合いだと言ってくれるだろう」

稔が「じっくり親戚を説得していく」と言っていた弊害が、いま出ていた。

まるで人が変わったかのような逸流の態度に、沙織はまともにものを考えられず翻弄されっぱなしだ。

「で、でも！　ご親戚の誰かにもう話している可能性もあるわ」

「父は誰にも話していない。祖父には打ち明けたが、それ以外の親戚にあなたの事は一言

も話していない。きっと話すつもりもなかっただろう」

「そんな……」

呆然とすると同時に、逸流の口調がいつの間にか変わっていたのに気づきゾクリとする。逸流はすでに『義理の息子』から『男』に気持ちを切り替えたのだ。

体から力が抜け、沙織は逸流に支えられてへたり込む。

いつものように目線を合わせてしゃがんだ逸流は、変わらない美貌で微笑んだ。

「俺は大学もあるし、卒業したあとも向こうで少し働いて修行する必要がある。一年後を目処に帰国するから、その時までに覚悟を決めてほしい」

沙織の髪を撫で、もう一度優しいキスをして逸流は立ち上がり、部屋を出ていった。

「……どう、……したらいいの……」

座り込んだまま沙織は呟き、知らずに自分の唇に指先を当てた。

逸流の唇は温かくて柔らかく、思い出しただけで体がポッと熱を持つ。

そしてその味は、罪の味だと思った——。

# 第三章　Sinfonia《シンフォニア》（亡き夫、未亡人、息子の三声のシンフォニア）

その後一年間、逸流は変わらず日本とイギリスを行き来した。

盆や正月、沙織の誕生日やクリスマスなど、イベントがあるごとに帰ってきて、高価なプレゼントを渡し愛を囁いてくる。

逸流はイギリスにいても、定期的に赤坂の家に立派な花を贈ってくれていた。お陰で家の中は華やかで、広い家で一人暮らしをしている沙織も、気持ちが明るくなる。

いつの間にかジョン・アルクールのコロンやボディクリーム、バスオイルやボディソープも増え、洗面所を見るだけで美意識が刺激される。逸流が教えてくれたブランドだが、香りというものは気分を左右しやすい。

逸流が見立ててくれたチューベローズ&エンジェルを始め、沙織はジョン・アルクールの香りに毎日を癒されていた。

逸流は同じブランドのウッド&ベルガモットを愛用しているらしく、興味本位でコロンを購入してしまう。安くない値段だが、その香りを嗅ぐと側に逸流がいてくれる気がし、寂しさが和らぐのだ。

化粧品はフル・オブ・ラブのラインナップをすべて使うようになり、基礎化粧品を使い始めて本当に肌の調子が良くなった。ベースメイクも肌に優しい上カバー力があるし、メイクアップ道具はパッケージが華やかなので、持っていて気持ちが上がる。

気づけば、すっかり逸流がくれた物に囲まれる生活になっていた。

同時に沙織は自分に「愛している」と言い、言葉だけでなく贈り物までしてくれる逸流の存在を、より意識するようになっていた。

自分の側に男性が二人いれば、何かにつけて比べてしまうのは人の性だと思う。

決して打算的な考え方はしたくない。けれど結局「どちらがより自分を愛してくれているか」を考えると、愛の言葉を躊躇わず、贈り物をして、忙しい時間を割いてでも沙織と話そうとしてくれる逸流に天秤が傾いてしまう。

(稔さん……ごめんなさい……)

そんな自分を、沙織自身が「尻軽と言われても仕方がない」と責めていた。

誰も事情を知らないというのに、沙織は今から〝何か〟があった時のために怯え、言い訳を探そうとしている。

心は疲弊して、何も考えず仕事だけしていたいと思うのに、疲れ切った時にふと思い浮かべるのは、逸流の穏やかな微笑みなのだった。


そして稔の三回忌が迫った六月下旬――。

「ただいま、沙織さん」

スーツケースを携えて玄関に立っている逸流は、今や二十三歳だ。

改めて彼の姿を見ると、相変わらず高身長の美形で、サラリとした黒髪だ。ただこの一年間も絶え間なくジムなどで体を鍛えていたらしく、初めて会った二十一歳の時よりずっと胸の厚みも増した気がした。

九月からOGの代表取締役社長及びCEOとして就任する予定だが、その前にも逸流にはびっしりとスケジュールが入っている。彼は正式に就任してすぐ動き出せるように、今のうちに各業種の売り上げや製品開発の進捗など、あらゆる情報を頭に入れておきたいのだと言う。

その間の社長は彰史がこなしているが、逸流が帰国して彼が陰で動いている間は、沙織が逸流の秘書としてサポートする事になっていた。

「……お帰りなさい。逸流くん」

戸惑いを胸に、それでも沙織は微笑んで逸流を迎える。

「疲れたでしょう。逸流くんのお部屋、掃除しておいたしお布団とかも干しておいたよ。お風呂も入れておいたし、自分の家に帰ってきたんだから、ゆっくり——」

沙織の言葉は最後まで紡がれなかった。

逸流に抱き寄せられ、優しくキスをされていたのだ。

「ずっとこうしたかった。ただいま、沙織さん」

触れるだけのキスを終え、逸流が目を細める。

「……に、荷物、運ぶね」

「いいよ。自分の荷物ぐらい持てる。あなたは俺のメイドじゃないんだから」

逸流は靴を脱いで沙織の頭を撫でてから、重たそうなスーツケースとリュックを軽々と持ち、二階の自室へ上がっていく。

(これからの生活、どうなるんだろう……)

不安と羞恥が胸の中で渦巻くが、どうなるか分からない先を憂いても仕方がない。

「コーヒー、淹れようか……」

逸流のために用意したお茶菓子があると思い出し、沙織は気持ちを取り直した。

「沙織さん、お土産を幾つか買ってきたんだけど」

逸流は沢山紙袋を抱えて二階から下りてきて、テーブルの上に次々に並べていく。

「な、なぁに？　こんなに沢山……。高級な物ばかりじゃない」

イギリスのお菓子や見慣れたシャンボン・エ・ウォールの紙袋もあったが、多いと感じたのはフル・オブ・ラブのロゴが刻まれた紙袋だ。

「フル・オブ・ラブが最近新しく香水を出したのは知ってる？」

「あ、うん。日本でも宣伝をしていて、歩いていると綺麗な広告を見るよ。日本では秋に発売だったかな」

沙織も大好きなフル・オブ・ラブから香水が出ると知って、嬉しい気持ちはあったし、どんな香りなのか嗅いでみたいと思っていた。

「この紙袋、開けてみて」

「う……うん」

幾つもある紙袋の中から、ペパーミントグリーンに金縁のある可愛らしい袋を開け、中に手を入れる。

「わ……。と……」

中から出てきたのは、頑丈な箱だ。薄い黒い紙に包まれた箱は、金色のリボンによってラッピングされている。

ドキドキしながらリボンを解き箱を開けると、美しい瓶の香水が四種類入っていた。

「こ、これ。いま言っていた新しい香水!?」

「そう。日本では沙織さんが一番に手にするんじゃないかな」

にっこりと笑った逸流は、コーヒーを一口飲んで「試してみて」と勧める。

沙織はフィーリングで、一番自分が好きだと思った瓶に手を伸ばした。黒からグレーのグラデーションの瓶に、白いチューベローズの花が描かれたものだ。

「それ、チューベローズの香水だよ。名前は『Even if you sin《たとえ罪を犯しても》』。チューベローズの官能的で少し危険な香りの中に、人を魅了して止まない甘みと微かなスパイシーさがある」

やけに詳しい逸流の説明に、沙織は紙袋に一緒に入っていたムエットにシュッと香水を吹きかけた。

「わぁ……」

トップノートを嗅いだ瞬間、脳裏に白い花が次々に咲き乱れる様子が浮かんだ。甘い中に刺激的な香りが微かに入っている。

「ミドルノートになると、もう少し落ち着いた香りになるよ」

「素敵……! どうもありがとう! 私、この香り毎日使いたいぐらい」

「そうだと思って買ってきた。思い通りで良かったよ」

逸流はご機嫌に笑い、他のイギリス土産を沙織に広げさせ、あれこれ説明してくれた。

逸流が帰ってきてからすぐに、彰史が妻と一緒に赤坂の家へやってきた。

「沙織さん、その後どうだ？」

お茶とお茶菓子を出すと、世間話をする間もなく彰史が切り出してくる。

彰史は会長職から再び現役の社長業に戻って、よりギラリとした雰囲気を増していた。OG全盛期を築いた人物だけあり、老いてなお猛禽の如き鋭さがある。

「はい。変わりありません。お義父さんが気に掛けてくださっているお陰で、このお屋敷でも快適に暮らせています」

彰史にはプライベートでは自分を義父と呼ぶようにと言われており、沙織もその好意に甘えている。彰史の妻も温厚な人で、稔と結婚したあとも特に何の問題もなかった。

「逸流とゆっくり話すのは久しぶりな気がするな。お前はいつもイギリスと日本を行き来していて、忙しそうだったから」

「お二人とも元気そうで何よりです。あちらで色々な事を貪欲に吸収してきました。九月から会社を預からせてもらうに当たって、『任せて良かった』と思わせる結果を出したいと思っています」

逸流と彰史は孫と祖父なので、今は互いにラフな格好をしている。沙織だけ礼を欠かないような綺麗めのワンピースを着て、微かに緊張している。

「それは期待している。……で、この家には沙織さんと二人で暮らしている訳だが、特に変わりはないんだな?」

白髪交じりの眉の陰から、彰史の目が鋭く逸流を見つめる。

沙織の心臓がドキッと跳ね上がったが、逸流は表情一つ変えない。

「ええ、仮にもお義母さんです。万が一の事があれば、お祖父さんに相談しますよ」

(ちょ……っ)

万が一であっても、義理の父母の前でそんな事を言わないでほしい。

ガチガチに強張った笑みを浮かべたまま、沙織は彰史たちが三十分ほどして帰るまで、緊張しっぱなしだった。


七月の下旬に稔の三回忌が行われた。

法要は納骨した寺院で行われ、食事も落ち着いた和食レストランの個室を手配する。

どうやら沙織は秘書として、親族たちに好印象を持たれているようだ。法要に参列し、食事の時に隅の方に参加しても何も言われない。

大企業の社長秘書となれば、毎日の送り迎えを始め、あらゆるプライベートまで関わるので当たり前だ。しかし沙織は結婚していたのを黙っていたという後ろめたさがあるので、「受け入れてもらえた」という安心感を強く覚える。

おまけに彰史の妻もさりげなく側にいて気を遣ってくれるので、「一族で一番権力のある彰史夫婦が目を掛けている秘書」として扱ってもらえていた。

食事が終わったあと、親族たちは彰史の邸宅に自然と集まりおしゃべりをする流れになる。

「逸流くん、久しぶりに会えたんだしもちろん来るでしょう?」

駐車場で親族の女性に声を掛けられ、逸流は振り返った。

「いえ、すみません。帰国してそれほど経っていないので、時差の関係でまだ疲れがあるんです。盆もゆっくりできるか分かりませんので、正月あたりにゆっくりお話しましょう」

「そうなの? 私たちも名古屋から来ているから、滅多に会えないんだけどねぇ……。でも調子が悪いなら仕方がないわね。ゆっくり休みなさい。これから天下のOGの社長さんになるんだから、体調は整えておかないとね」

「ありがとうございます」

綺麗な一礼をした逸流の隣で、沙織も慌ててペコリと頭を下げる。

「逸流くん、まだ時差ボケが治っていなかったの? 大丈夫?」

彼が車に戻ろうとしたので、沙織は秘書として運転席に乗り込もうとする。だが逸流はその手から車のキーをやんわりと取り上げ、運転席に座りエンジンを掛けた。

「乗って。早く帰りたい」

「は、はい」

見られていないだろうかとチラッと親戚たちを見たが、それぞれ今の〃権力者〃である彰史に気がいっていて、こちらの事はあまり気にしていないようだ。

慌てて助手席に乗ると、逸流がやや乱暴な手つきでネクタイを解く。その仕草にドキッとしていると、逸流はアクセルを踏み駐車場を出た。

「……具合だけど、特に悪い訳じゃない。時差ボケはとうに治っている」

「え。で、でも……」

先ほどの台詞は……と言いかけると、赤信号で車を停止させた逸流がこちらに視線を向ける。

「一刻も早く沙織さんと二人きりになりたかった。……って言わないと分からないか？」

「！」

カァッと頬が熱を持ち、沙織は何も言えなくなる。

今さらどう抵抗しようとしても、自分たちがこれから戻る家には二人しか住んでいない。

(帰ったら何かあるんだろうか……。何もなければいいけれど……)

稔を喪ってから逸流との間に育まれた感情はもちろんある。

それでも沙織はまだ夫を亡くして三回忌を迎えたばかりだ。稔を喪って寂しいという気持ちはまだある。彼が死ななければ、夫婦関係はもっと良いものになっていたのでは……という淡い想いもある。

その時、気持ちを見透かしたように逸流が言う。

「何をどう思っても、父は生き返らない。俺と沙織さんは生きている。沙織さんはまだ二十六歳で、故人だけを想って今後を生きるには若すぎる」

（分かっているけど、それを息子である逸流くんが言わなくても……）

「俺にしろよ」

ストレートに言われ、沙織はまた言葉を失う。

「俺は沙織さんに寂しい思いをさせない。これからずっとあの家で暮らす。毎日顔を合わせて『好きだ』と言える」

運転しながら情熱的な事を言う逸流の横顔を、沙織はチラッと盗み見る。

黒いスーツを着て高級車を運転する彼は、間違いなく格好いい。

（でも……）

なおも迷っていると、さらに逸流が口を開く。

「俺がこの一年、イギリスからも沙織さんを想っていたのをまったく感じていなかったか？　プレゼントをしたのも、事あるごとに帰って楽しい時間を共有したいと思ったのも、通じていない？」

「そ、そんな事ないよ？　とっても嬉しかったし、楽しかった」

「じゃあ、俺を好きになれないほど父の事が好きだったか？　二人はどんな馴れ初めだったのか、俺は詳しく聞いてないけど」

「…………」

馴れ初めと言われて、胸が嫌な音を立てて鳴った。

もともと稔とは契約結婚だった。沙織は金のため、稔は体面を保つため契約をし、二人の利害は一致した。あとは特に性格が破滅的に合わないなどの問題がなかったので、上手くやれていたつもりだったが——。

「お金が目当てだったんです」など、口が裂けても逸流に言えない。

美しく、未来への希望に溢れた若い彼だからこそ、自分の醜い面を曝け出したくなかった。

「言えない？　二人だけの秘密？　……妬けるな」

「そ、……そうじゃないの。事情があって……」

ドクンドクンと早鐘が鳴る。

だがそれ以上逸流は沙織を追い詰める事をしなかった。言葉を詰まらせた彼女を慮ったのか、話題を変えてくれる。

「逆に、俺の事はどう思っている？　年下は範囲外？」

「う、ううん!?　逸流くんはとっても格好いいと思う。初めて会った時、思わず見とれちゃったもの」

「なら、俺に恋をしてくれる可能性は何パーセント?」

あまりにもグイグイと迫られ、沙織は戸惑って真っ赤になる。ナンパにすら慣れていないのに、こうやって真剣に男性に言い寄られると、どうしたらいいのか分からなくなる。

「ま、待って……。私本当に……。その、恥ずかしいけれど、今まで男の人と付き合った事がないから、こういうのに慣れてないの」

とうとう俯いて白状すると、一瞬逸流が黙った。

「……付き合った事がないって、学生時代も? そんなに美人なのに?」

「美人なんかじゃない。小中学生の時は男の子を意識した事もなかったし、高校生になっても縁がなかったもの」

沙織からすれば、同じ学校に逸流がいれば、きっと学校中の女子が彼に恋をしていたと思う。それぐらいの〝差〟を感じる相手に、こんな風に迫られて本当に混乱していた。

「じゃあ、帰ったら俺を教えるよ。俺のすべてを知って、それから考えて」

「どういう事……?」

沙織の疑問に逸流は答えない。

車内に緊張感が漂ったまま、車は赤坂にある家を目指した。

「いつ——んっ、んぅっ」

玄関に入るなり、逸流に唇を奪われた。

ドア越しにセミの鳴き声が聞こえるなか、沙織の体は冷たいドアに押しつけられる。身長差を利用して、逸流は上から押さえるように沙織にキスをし、ねっとりと唇を舐めてきた。

「あ……、は」

舌を使うキスは初めてだ。——いや、そうじゃない。あの夜、稔にすでに奪われていた。

(今がファーストキスなら良かった……。そうじゃない、何を考えてるの……)

自分の心がグラグラと揺れ動いているのが、手に取るように分かる。

夫を喪ってまだ二年なのに、沙織はその息子に惹かれて翻弄されていた。

「あ……」

何度も唇を押しつけられ、舐められ、上唇も下唇も甘噛みされる。堪らず開いた唇のあわいから、逸流の舌が侵入してきた。

「ん……ん、ふぅ」

逸流の手が背中に回り、チィッと小さな音を立ててワンピースのファスナーを下げる。

「ん!」

玄関で、しかも肌が汗ばんでいるというのに脱がされようとし、沙織は懸命に両腕を突っ張らせた。

「嫌か？　父には抱かれたのに、俺には抱かれたくない？」

「!!」

まるであの夜の事を知っていたように言われ、カッと沙織の顔が真っ赤になる。

「そうじゃない……。そうじゃないの……っ」

羞恥のあまり混乱した沙織は、逸流を押しのけて家に上がり込んだ。黒いパンプスがコツッとたたきの上に落ちたが、揃える気持ちの余裕もない。玄関から左側に向かえば沙織の私室や寝室があるが、混乱した沙織は右側のリビングに向かってしまった。

「沙織さん！」

すぐに逸流が追いかけてきて、リビングの奥――十畳ほどの和室の前で腕を引っ張られた。

「待って！　私……っ」

力任せに逸流の腕を振り払おうとすると、その反動で畳の上にドサッと転んでしまった。

「あ……」

手をついて起きようとするが、逸流が沙織の体を跨ぎまたキスをしてくる。

「ん……っ」

ついばまれ、舐められ、またついばまれる。肉厚な舌が口腔に侵入し、沙織を蹂躙してきた。

相手が美しい逸流と思うからか、はしたなくも沙織は下腹部に女の疼きを覚えてしまう。

「沙織さん。愛してるんだ。俺のものになってくれ」

「――――っ」

それは、稔にすら言われなかった言葉だ。

「だって私……っ」

――稔さんを裏切ってしまう。

涙がこみ上げ、沙織はどうしたらいいか分からず両手で顔を覆った。

「死人に遠慮をするな。生きている俺を見てくれ」

しかし強い声で言われ、ハッと指の間から逸流を見た。

シャツのボタンを数個外した彼は、まっすぐに沙織を見下ろしている。その瞳の奥に、生きている者こそが持つ、迸る愛情と欲があった。

「沙織さん、俺が嫌いか?」

それまでの荒々しい行動とは打って変わって、逸流は優しい手で沙織の頭を撫でる。

「……いいえ。逸流くんは優しくしてくれたし、私に寄り添ってくれた。私にはもったいないぐらい素敵な人で、………ずっと格好いいと思ってた」

最後の言葉は、消え入りそうなほど小さな声になってしまう。

稔と結婚していた頃から逸流を格好いいと思っていたと言えば、軽蔑されるかもしれないとずっと恐れていた。

だが逸流はハァ……と溜め息をつき、安堵したような笑みを浮かべる。

「良かった。避けられていたんじゃないかって、ずっと心配していた」

「避けるだなんてそんな……。私はただ……。稔さんがいるのに逸流くんに魅力を感じる事が怖かったの」

「沙織さんと父が結婚していた事を知っているのは、親族では祖父母と沙織さんのご両親だけだろう？　父の死は事故で、仕方のない事情だ。二年経った今、沙織さんが年齢に見合った相手と幸せになっても、誰も異を唱えないだろう」

「そう……なのかな」

「祖父母は俺が説得する。沙織さんのご両親も、あなたの幸せを願うと思う」

「…………」

稔と籍を入れたと報告した時、両親は「幸せになりなさい」と言ってくれた。

両親は稔にあれこれ世話を焼いてもらって、この上なく感謝していた。だが本音としては、やはり年齢の近い相手と結婚してほしいという願いもあったのではないだろうか。

稔に恩がある手前そのような事は一言も言わなかったが、一般的な親ならそう思っても おかしくないと思う。

「沙織さん。周りの事は後で考えるとして、今は俺たちの気持ちの問題だ。……俺を受け入れてくれるだろう？」

頬を撫でられ、沙織の心にゆっくり覚悟が固まっていく。

「…………」

小さく頷くと、逸流が「良かった」と小さく呟き、覆い被さってキスをしてきた。

「ん……」

先ほどよりも優しく唇をついばまれ、緊張と混乱に包まれていた体から、ゆっくり力が抜けていく。逸流のキスも素直に受け入れられるようになり、おずおずと沙織からも舌を伸ばした。

「あ……、ふ、……ん、ン」

柔らかく舌が絡まり合い、沙織の心をほぐしていく。キスをしながら逸流は沙織の頭を撫でていて、まるで「キスはいい事」と教え込んでいるようだ。

逸流の手が沙織の喪服に掛かり、途中までだった背中のファスナーを下ろしきると、彼女の腕を抜かせ上半身を晒した。黒いキャミソールも脱がせ、黒いブラジャーに包まれた胸を見て、逸流の目にさらに熱が宿る。

「あ……。恥ずかしい……。私……胸大きすぎて……」

そっと両手で覆った胸は、レースの縁から柔らかな肉がぷくんとはみ出ている。

「とても綺麗だ。もっと見せて」

逸流の手が背中に回ったかと思うと、プツンとホックが外され圧迫感がなくなった。

「沙織さん……」

腕からブラジャーの肩紐が抜かれ、沙織の乳房が露わになる。

逸流は柔らかな双丘を眩しそうに見つめたあと、両手で大切そうに包み、揉んできた。

「あ……、ぁ……、ん……」

あまりに逸流の手が優しくて、沙織は泣き出したくなる。

ふんわりとした乳房に彼の指先が食い込み、円を描くように揉み回す。逸流の指先が紅梅色の乳暈をくるりとなぞっただけでキュッと乳首が勃ち、沙織は赤面した。

「可愛い……」

呟いた逸流は、口を開いて沙織の乳首に吸い付き、口内で尖りを舐め回してきた。

「んぁ……っ、あん……っ、ン……、はぁ……っ」

気が付けば沙織は、両手で逸流の黒髪を掻き回していた。彼の手が沙織の太腿を割って左右に開いても抵抗しない。畳の上で沙織は男を受け入れる体勢を取り、腰をくねらせる。

逸流は沙織の胸を何度も舐め、ちゅうっと吸い付いては精一杯尖った場所を「可愛い」と褒めてまた舌で弾く。

左をたっぷり愛したら、次は右も同じぐらい愛する。

「あぁ……っ、あ、逸流……くん……っ」

喪服はすっかり沙織の腹部でクシャクシャになっていた。

「沙織さん……。……あ」

スカートの中に潜り込んだ逸流の手が、ストッキングの終わりに気づいてしまった。体を起こした逸流は、沙織のスカートを捲り上げまじまじとガーターベルトとストッキングを見る。

「……蒸れるの嫌いなの……」

誰にも見られないと思っていたのに、逸流に気づかれて急に恥ずかしくなってきた。

「興奮した」

逸流はクスッと笑い沙織の太腿を押し上げ、黒いレースのパンティに手を掛けスルリと脱がせる。

「や……っ」

時刻はまだ十四時すぎで、和室は当たり前に明るい。沙織はとっさに脚を閉じようとしたが、逸流によってグイッともう一度開かれてしまう。

その時、クチュ……と濡れた音が秘部から聞こえ、沙織は真っ赤になって息を呑む。

「逸流くん……っ、見、……ないでっ」

弱々しく言うも、逸流は和室の隅にあった座布団を引き寄せると、半分に畳んで沙織の腰の下に挟んだ。

「沙織さん、綺麗だ」

そして沙織の太腿をグッと押さえつけ、潤んだ秘唇に舌を押しつけた。

「あぁっ……！　や、だめぇ……っ！」

これから八月になろうとしている時期に喪服を着ていて、汗を掻いていない訳がない。恥ずかしくて懸命に逸流の頭を離そうとするが、彼は頑として舐めるのをやめない。

「っひ——、ぁ、あぁっ」

柔らかい舌が敏感な場所でひらめき、ズッ、ジュウッと音を立てて零れた蜜を啜る。

逸流の美しい顔が自分の股間にあるというだけで耐えがたいのに、綺麗な彼がこんなはしたない音を立てて蜜を啜るショックに、沙織は気絶しそうな羞恥を覚えた。

「……沙織さん、チューベローズのボディクリーム使ってる？　とても甘くて妖艶な香りがする。……チューベローズの花園で禁じられた蜜を味わっているようだ」

「や……っ、やだ……っ」

匂いを嗅がれ、沙織は羞恥に悶える。

それでも逸流は執拗に沙織の花弁にむしゃぶりつき、沙織は細く高い声を上げて悶え抜く。逸流の指が膨らみかけた肉芽を転がすと、沙織は腰を弓なりに反らしビクビクと体を震わせた。

「沙織さん、美味しい……」

秘部で逸流の熱っぽい声がし、敏感な場所に息が吐きかけられる。

「やぁっ！　そこで喋らないで……っ」

腰を揺すり立てて懇願すると、逸流はようやく顔を離してくれた。かと思うと、自身の指に唾液をまぶし沙織の蜜口に押し入れてきた。

「っひぅ……っ」

逸流の指を受け入れ、沙織はギュッと目を閉じる。

ふんわりと柔らかな媚壁を、逸流は指でぐぅっと圧迫しては沙織の反応を見てくる。潤った場所を慎重に探られ、沙織は息を詰めて彼の指が出ていくのを待っていた。

けれど逸流はジッと沙織を見たまま、彼女がどのポイントで感じるのか知ろうとしている。結果、沙織はピクンと震える体や息づかい、視線のすべてを読み取られ、五分も経たないうちに弱点を暴かれてしまった。

「あっ、あぁうっ、んっ、んあぁっ」

グチュグチュとしとどに濡れた蜜壺が掻き混ぜられる音がし、静まりかえった家に沙織の嬌声が響く。

「沙織さん、感じやすいな。最高にいやらしくて素敵だ」

指一本で沙織を啼かせながら、逸流は片手で自身のシャツのボタンを外し、器用にジャケットも脱ぐ。ベルトを外し、下着を下ろした途端にブルンッと興奮した証が飛び出した。

「あ……。逸流……くん……」

今まで男性の肌も性器もまともに見た事のなかった沙織は、本格的に情事に没頭しようとする逸流の姿に興奮する。

逸流の肌は程よく日に焼けていながら滑らかで、胸板から腹部に美しい筋肉の陰影ができている。下腹部にそそり立ったモノは、男性慣れしていない沙織の目にも大きいと思える太さと長さを併せ持っていた。

「沙織さん……。一回達って」

艶然と笑った逸流は、再び沙織の秘部に顔を埋め、さやから顔を出した真珠に舌を這わせた。蜜壺にもう一本指を潜り込ませ、沙織が感じた場所のみを執拗に擦り立てる。

「っあぁあ！　あぁあうっ、うっ、んあぁっ、あーっ、や、駄目……っ、ダメェ……ッ」

大きな波が押し寄せる恐怖に、沙織は悲鳴に似た嬌声を上げ首を振りたくる。逸流の手を押さえ、懸命にいきんでそれに負けてなるものかと抵抗するが、逸流は残酷に沙織の努力を無に帰した。

「達け」

下腹部でくぐもった声が命令したかと思うと、逸流の舌がチロチロと左右に素早く動き、沙織にとどめを刺す。

「駄目っ、ダメぇええぇっ……!!　——っぁっ、あぁあっ、…………っ、ぁ」

フワァッと全身を熱く燃え立つ絶頂が包み込み、沙織の意識すら白く塗り潰していく。自分が何を言っているかも分からない高みに飛ばされたあと、ドッと汗を掻き鼓動を速まらせ現実に戻った。

「……ぁ、……あぁ……」

ぐったりと脱力していく沙織の耳に、外で鳴くセミの声が入る。

チュク……と音を立てて逸流は指を引き抜き、大事そうに沙織の蜜を舐め始めた。

シンとした和室に、沙織のハァハァという呼吸音と、逸流が自身の指を舐める音が響く。

やがて逸流はズボンのポケットに入れていた財布から避妊具を取り出すと、自身の昂りに装着した。

「沙織さん、挿入《いれ》るよ」

「う……」

まだ呆けていた沙織の蜜壷に、逸流の先端が押し当てられる。

逸流は泥濘《ぬかる》んだ秘部に反り返った淫刀を何度も擦りつけ、グチュッグチュッといやらしい水音を立てる。

「やぁ……っ、やぁ……」

弱々しい抵抗を見せるも、逸流は沙織の腰を掴み、片手で自身の竿を支えグッと腰を進めてきた。

「あぁ……っ、ン！　あぁ……」

グプ……と巨大な先端が入り口を引き伸ばし、ミチミチと膣肉を押し拡げる。

「はぁ……っ、は、あぁ……っ、ン、やぁ……っ、おっき、ぃ……っ」

下腹部に圧迫感を覚えて呼吸が止まりそうになるが、そのたびに逸流が「息を吐いて」と声を掛けてくる。息を吐いたタイミングに合わせて逸流が腰を進め、それほど時間を掛ける事なく沙織は彼をある程度呑み込む事ができた。

「沙織さん、気持ちいい……っ。ずっとこうしたかった。……奥まで入れるから、少し我慢して」

「ん……っ、あぁあっ！」

逸流の熱っぽい声がしたかと思うと、ズンッと最奥まで突き上げられて嬌声が迸った。

子宮口を押し上げられ、沙織は苦しさのあまり口をはくはくと喘がせる。

処女は二年前に稔に奪われたものの、実際誰かとセックスをするのは生まれてから二回目だ。慣れていない沙織はガチガチに緊張し、は、は、と苦しげに呼吸を繰り返す。

「沙織さん……っ」

逸流が覆い被さってきて、キスをする。

小さく開かれた唇の隙間を縫って、温かな舌が入り込む。慣れない沙織を慰めるかのように、逸流の舌は丁寧に彼女の口内を舐め回し慈しむ。

「ん……、んぅ、ぁ……ふ、――――ん、んン」

どうしたらいいのか分からない沙織は、両手で逸流に縋り懸命にキスに応えていた。

密着した胸元からは、逸流の鼓動が皮膚越しに伝わってくる。ドッドッドッドッという鼓動は、沙織と同じぐらいの速さだ。

(逸流くんもドキドキしてくれているの？)

やけに手慣れているような気がして、沙織は自分が逸流に弄ばれているのではという不安を拭いきれないでいた。だがこの鼓動の速さだけは隠せない。

幾ばくか緊張が取れた沙織は、掌で逸流の胸板に触れてみた。

「……ん？　どうした？」

目を瞬かせる彼に、沙織は尋ねる。

「鼓動……速い」

ポツリと指摘すると、逸流は年相応に照れくさそうな笑みを浮かべた。

「ずっと憧れていた女性《ひと》と繋がれたんだ。嬉しくて興奮してるよ。体を見せるのは恥ずかしいし、セックスをするのも緊張する。……でも、沙織さんだから抱きたい」

その笑顔の中に、今まで知りたくても分からなかった逸流の本音が見えた。物静かで大人びた青年の奥に、純粋に恋をする者の素顔があると知れた。

安堵する気持ちが生まれると同時に、逸流への警戒心や不安がふぅっと薄れていく気がする。

「私……。ゆっくりかもしれないけど、逸流くんに向き直る。これからを考えて、逸流くんをきちんと見る」

稔との過去に別れを告げ、逸流と歩む未来を選択した言葉に、彼はこの上もなく幸せそうに微笑んだ。

「沙織さん……。好きだ……っ」

もう一度キスをしてから、逸流が腰を動かし始めた。

畳の上に押し倒されたまま、沙織は座布団の上で腰を反らし、脚を大きく広げている。稔と暮らしたこの家で恥ずかしいポーズを取り、彼の息子に穿たれている。

「あ……っ、あぁ……っ」

(許して、稔さん……っ)

ぐぅっと最奥まで硬い亀頭に押し上げられ、濡れた吐息が零れた。罪悪感にまみれながらも、沙織はこれからの生を誰と歩むかを自身で選択し、逸流に抱かれている。

「沙織さん、綺麗だ。……俺の、ものだ……っ」

ずちゅっぐちゅっと音を立てて、逸流の屹立が何度も蜜洞を行き来する。彼は時折沙織の乳房に顔を埋め、赤子のようにちゅうちゅうと乳首を吸い立てた。かと思えばたくましい肉棒で沙織をずんずんと突き上げ、攻めてくる。

「んぁ……っ、ぁぁあっ、いっ、——る、くんっ」

いつの間にか沙織は髪を乱し、汗だくになって逸流を受け入れていた。彼に合わせて腰を動かし、より深い快楽を得ようと貪欲さすら見せる。

逸流は先ほど指で攻め立てた場所ばかりを、亀頭で執拗に擦ってくる。そのたびにヌチュヌチュと奥から信じられない量の愛蜜が溢れ出て、二人の結合部を濡らし高級な座布団に染みをつけた。

体が燃えそうなほど熱くなり、沙織は逸流の事しか考えられなくなる。目の前には気持ちよさそうに眉間に皺を寄せた、逸流の美しい顔があった。前髪の陰で彼の目が切なげに細められ、潔癖そうな唇からは「沙織さん……沙織さん」と彼女の名を呼ぶ声が漏れる。

全身で逸流に求められているのだと知り、沙織の心と体にこの上ない歓喜が刻まれた。

「逸流くん……っ」

両の腕《かいな》で逸流を抱き寄せ、深く口づけて舌を絡め合えば、逸流がより深い所までずんずんと突き上げてくる。

「んンーっ、ん、ふ、ぅぅうっ、む、————んーっ!!」

セックスがこんなに嬉しく、人と心を通わせられるものだとは思わなかった。

沙織は自然と脚を逸流の腰に絡ませ、より深い場所まで彼の熱をねだる。グチャグチャと凄まじい水音がし、腰がぶつかり合う打擲音と相まって和室に熱気が籠もっていく。固く抱き合って深くまで舌で探り合い、互いの本音を体で知り合っていく。

深い交歓に、先に音を上げたのは沙織だった。

「んんぅーっ!!」

じゅうっと逸流の舌をきつく吸ったまま、沙織は膣奥をピクピクと震わせる。指で達かされた時よりも深い随喜を味わい、頭の中を真っ白にして体を痙攣させた。

反射的につま先が丸まり、より深く抉ってほしいと逸流の腰に自身の腰を押しつける。

「――んっ、――――ン」

逸流も喉奥で低く唸り、胴震いすると自身の欲をすべて解放した。

(……あ……逸流くんが……)

避妊具をつけているので、膣に精を放たれた訳ではない。それでも深くまで突き刺さっている肉槍が、大きく膨らんだあとビクンビクンと沙織の中で跳ねているのが分かる。

嬉しくなった沙織は意識を失いつつ、うっすらと笑う。

欲の籠もった目で自分を見つめている美しい牡を見上げ、支配される悦びを体の髄まで味わっていた。


その夕方。

「沙織さん？　まだ寝てるのか？」

部屋のドアをノックされても、沙織は返事をする事ができないでいた。

あの後、沙織は自分がどこで逸流と致してしまったかを思い、この上なく落ち込んだ。仏間で、しかも稔の遺影に見られている前で、彼の息子と交わってしまうなんて――。

それだけではない。ドロドロになった座布団や畳なども、逸流がすべて後始末してくれたのだ。沙織の喪服は逸流のそれと一緒にクリーニングに出され、びしょ濡れの下着類もすべて逸流が洗濯をしてくれた。

寝室のベッドに寝かされた沙織は、逸流によって汗と体液にまみれた体を清拭される。気が付けば夕方になり、その後はいたたまれなくて起きられなくなっていた。

(……もうお嫁にいけない……)

一度結婚して死別しておきながら、我ながら何とも突っ込みどころ満載な事を思い、沙織はタオルケットを被ったまま顔を出せずにいた。

「沙織さん。飯作るけど、冷しゃぶにするよ。できたらまた呼びに来るから」

何とも理想の夫のような事を言い、逸流の足音は遠ざかっていった。

「……どうしたらいいの……」

涙声で呟いた問いに、体は正直にもグゥキュルル……と腹を鳴らして答えるのだった。

# 第四章　Ｐｒｅｇａｒｅ《プレガーレ》（祈るように愛を告げる）

九月に逸流は、正式にＯＧの代表取締役社長とＣＥＯに就任した。

役員や株主の中には当然「若すぎる」と渋面になる者たちもいる。しかし逸流は「しょせんお飾りの坊ちゃんだ」という侮った視線を気にする事なく、稔の代で停滞気味だった事業を立て直していった。

予備期間に逸流は各分野の業績などに目を通し、今後の方針を立てる事に時間を費やした。なので彼が就任してすぐに会社の指針などが変わっていく。

海外に身を置いていた逸流は、ＯＧブランドがこれから何を出せば世界的に売り上げを伸ばせるのか、先見の明を持っていた。

研究者には潤沢な資金を与え、現場には海外から優秀な指導者を加えて、これまでの体制を作り替えていく。社員は最初こそ戸惑い、反発すらしていた。だが逸流は足繁く現場に向かってその空気を感じ取り、細やかに調整していく。次第に社員や技術者たちも以前より働きやすくなった事や、売り上げも明らかに右肩上がりになっているのに気づき、逸流を受け入れ始めた。

急激な変化ではあったが、冬を前にする頃に新生ＯＧは、各方面で祖父が現役だった頃のような勢いを取り戻していた。

沙織も逸流の側で忙しく秘書業をしている。

最初こそ緊張していたが、逸流は会社で沙織に手を出すような真似をせず安心した。逸流は会社と家でのオンオフを、しっかり切り替えているようだ。

「社長、そろそろ新しいハンドジェルが必要ですね。用意致します」

本社の見回りから社長室に戻ってきた逸流は、デスクに常備してあるハンドジェルで丁寧に手を拭っていた。

「宜しく頼む」

家にいた時は気づかなかったが、外に出ると逸流は異様に潔癖症な面を見せる。

沙織以外の者の前では我慢しているようだが、折を見ては、こうしてハンドジェルで手の清潔を保っている。逸流のすべてを知っている訳ではないが、手洗いなどに立った際もしつこく手を洗っているのでは……と思った。

同様にフル・オブ・ラブのハンドクリームも大量にストックがあり、彼の手はいつもピカピカだ。

「……こんな潔癖症だと思わなかったか？」

ハンドクリームを念入りに塗りつつ、ふと逸流が話し掛けてくる。

「いえ。個人の事情もあるでしょうし」

沙織は本当に言葉の通りだと思っている。世の中色んな癖や性格の人がいるけれど、その裏には然るべき事情があっても不思議ではない。

逸流は一見何の苦労も知らないお坊ちゃんのように見えるが、何かしらの過去があるのかもしれない。

「……原因は父だけどな」

ポツリと呟いた言葉に、沙織はドキッとする。

どことなく、思い当たる節があったからだ。沙織も結婚して初めて知った、稔の裏の顔がある。だがあれは普通、息子が知るような事ではないと思うのだが……。

中空を見て固まった沙織を、逸流が見つめていたのを彼女は知らない。

「そろそろ昼の準備をしよう。昼は接待を兼ねた会食だったか？」

「あ、はい！　車の手配もしてありますので、準備ができ次第向かいましょう」

そのように、会社で二人の仲は良好だった。

逸流が就任した事で再び気楽な会長職に戻れた彰史も、「逸流が社長をしてくれるなら安心だ。稔より出来がいい」と喜んでいる。

自宅では相変わらず逸流と二人きりで暮らしている。ゆえに沙織は勘の鋭い彰史に、いつ逸流との事を感づかれてしまうか神経質になっていた。

彰史も「若い者同士なんだから、危ない雰囲気を感じたら私に言いなさい」と言ってくれている。だが一度逸流を受け入れた以上、告げ口をするような真似もしたくない。

少し一人になりたい時は、近所にある『浅葱茶屋《あさぎぢゃや》』という和風喫茶によく足を伸ばしていた。

『浅葱茶屋』は都心であるというのに立派な庭園を敷地に持つ、純和風喫茶だ。家族経営らしく店のスタッフも数名しかいない。

青紫の着物に赤い半襟を覗かせ、白いエプロンをつけた女性スタッフを、沙織はいつも「可愛い」と思っていた。

沙織より少し年下らしい黒髪の女性スタッフは、『浅葱茶屋』の看板娘だ。優しい笑顔が印象的な彼女の接客に癒され、彼女が点ててくれたお茶も美味しく頂く。

店主のこだわった餡子を使った和菓子も美味しいし、日本庭園を眺めていると静けさの中に〝答え〟があるような気がして、つい長居してしまう。

（逸流くんの邪魔にならないように少し出てきたけど……。本当によく働くなぁ）

沙織がこうしてゆっくりできる日は、社長である逸流も自宅にいる。だが彼は自宅でも仕事をしているのか、常に端末をチェックしていたり、各国の言語でWeb会議をしていたりで忙しい。

沙織が暇そうにしていると逸流は構ってこようとするので、何となく申し訳なくなってこうして家を出てしまうのだ。

「最近元気がないですね」

トンと目の前にお茶が置かれ、顔を上げると例の女性スタッフが微笑んでいる。彼女とすっかり顔なじみになっている沙織は、苦笑いをした。

「ありがとうございます。元気がないっていうか、色々考える事があって……。私、ここに来る時は何かいつも考えている気がします」

微笑むと、黒髪の彼女は柔らかく笑い返す。

「いつでもいらしてください。お庭はいつも綺麗にしていますし、店主自慢のお菓子もあります。私も心を込めてお茶を点てさせて頂きますから」

「ありがとう。三輪山《みわやま》さん。……で、このお茶は？　私頼んでないけど……」

「ふふ、私からのサービスです。ゆっくりしていってくださいね」

魅力的に微笑んだ彼女は、「すみませーん」と他の客に呼ばれ「はぁい」と返事をして行ってしまった。

ありがたくお茶を飲もうとすると、店内に新しい客が入ってきて、その姿にお茶を噴きかけた。

「い、逸流くん……！」

思わず立ち上がった沙織を見て、逸流は表情を柔らかくする。

「良かった。やっぱりここにいた。気が付いたら家にいないから焦った」

ボックス席の向かいに座った逸流は、別の男性店員に「玉露をお願いします」と頼む。

「ここに来たかったなら、言ってくれたら良かったのに。いつでもデートに応じるよ」

「家にいても忙しそうだから、邪魔したら悪いと思って」

やんわりと微笑むと、逸流は少し寂しそうな表情になる。

「大した作業じゃないから、遠慮しなくていい」

「そうはいかないよ。逸流くんは社長さんだもん」

秘書としての気持ちを込めて言うと、逸流は何も反論しなくなった。ただ、テーブルの上に置かれた沙織の手に自分の手を重ね、薬指の辺りを指でさすってくる。

当時は何も気づかなかったが、あとから思えばその時から逸流の気持ちは固まっていたのかもしれない。

しばらく二人でお茶や和菓子を楽しんだあと、沙織は逸流と手を繋いで家に帰った。

一人になりたいというのも、あれ以来逸流は沙織に対して気持ちや態度を隠さなくなったからだ。

家政婦を雇っていても、彼女が休みの時は沙織が食事を作る。その時に逸流も手伝ってくれるのはいいのだが、気が付けばキッチンでキスをされてしまう。包丁や火を使っている時に危ない事はしないが、食べ終わって片付けをしていると、器用な事に服だけ脱がされて裸エプロン状態にされ、キッチンで貪られる。

他の場所でも同様だ。

御子柴家のバスルームは異様に広く、中庭を見られるガラス張りのバスルームに、円形のジェットバスがある。防水のテレビやスピーカーなどもあり、沙織は一日の疲れを数時間使ってバスルームで癒していた。

けれど逸流も一緒に風呂に入るようになり、中庭を目の前にジェットバスの中でバックで突き上げられる。まるで外でセックスをしているような気持ちになり、恥ずかしい事この上ないのだが興奮してしまう。

夜も当然、逸流に求められる。

もともと一階にある夫婦の寝室には、沙織と稔それぞれのベッドがあった。だが逸流はそのベッドを廃棄し、二人で眠れるキングサイズのベッドを購入したのだ。

大きなベッドで二人で眠るようになり、就寝の前に二、三回は絶頂させられる。

稔と過ごしていた時に使っていたベッドではないが、同じ寝室で逸流に抱かれるのは、堪らなく後ろめたい。天井を見上げていると隣に稔が寝ているような気がし、喘ぎながらも「ごめんなさい」と内心何度も稔に謝った。

だが沙織は逸流に抱かれれば抱かれるほど、性の悦びを得て淫奔に花開いていった。

夏に一度体を許してしまってから冬になるまで、沙織はあらゆる体位を知り、稔との生活では知り得なかった深い絶頂を覚えるようになった。

よく聞くと逸流は稔と似た声をしていて、行為中に彼に「愛している」と囁かれると、とても微妙な気持ちになる。稔とは契約結婚で「愛している」と一度も言われていないのに、彼亡きあと、息子である逸流に似た声音で愛を囁かれているのだ。

だからこそ、行為中の前後不覚になっている時に、一体誰に「愛している」と言われているのか分からなくなり、混乱しながら絶頂する事もたびたびであった。

同時に冷静になってから、「私は幸せになってもいいの?」と自問する。

沙織と逸流以外、まだ誰も二人がこういう関係になっていると知らない。

両親にも、彰史たちにも何と言われるか分からない。それなのに毎日逸流との行為に溺れ、自分はどこかおかしいのではと思ってしまう。

あさましくも肉の悦びを得て、沙織は逸流に戻れないほどの愛情を感じてしまっていた。

何度も抱いてくれたから、「愛している」と言ってくれたから、贈り物をしてくれたたから、遠くにいてもいつも気に掛けてくれていたから。

彼を好きになる理由は、色々ある。

けれどそのどれも、〝未亡人〟になった自分が、義息子を好きになっていい正当な理由になるとは思えなかった。

――きっと許してもらえない。

誰にも何も報告できていないからこそ、沙織は一人で苦しんでいた。

もし逸流が彰史たちに自分たちの関係を報告するとして、反対される事があったらＯＧを辞める覚悟がある。ＯＧを辞め、赤坂のこの家も出ていって、遺産もすべて手放す。逸流の事も諦め、誰も知らない場所で一人暮らしをして、一から始める。

沙織はそこまでの覚悟をしていた。

逸流は自分の気持ちを偽らない人だと思う。

イギリスの生活が長い事もあってか、色んな事を割とストレートに言う。だが沙織は根っからの日本人気質なので、逸流の愛情表現が恥ずかしく、なかなか素直に応えられない。また、応えていいのかという戸惑いが、愛の言葉を迷わせていた。

けれどその夜も、沙織は当たり前に求められた。

「あぁ……っ、あ、あぁ！　ン、やぁっ、そこ……っ」

大きなベッドの上で沙織は四つ這いになり、後ろから獣のように穿たれていた。ベッドサイドのランプのみが光り、室内はアラベスク模様に照らされている。それに重なって、激しく動く逸流の影が揺らめいていた。

「沙織さん……っ、気持ちいい？」

一度正常位で絶頂したあと、避妊具を取り替えて逸流はすぐ後ろから挿入してきた。疲れて朦朧としているが、ずんずんと突き上げられるたび激しい淫悦が脳髄に刻まれる。沙織は激しく喘ぎ、自分でも何を言っているか分からない嬌声を上げていた。

「きも……っ、ち、ぃ――いっ、いっ、る……くんっ」

先ほどから膣奥がピクピク痙攣しっぱなしで、口端から涎が垂れているのも気づけていない。沙織は虚ろな目を前に向けたまま、全身で逸流を感じていた。

「……沙織さん……っ、俺の事、あの茶屋に逃げたくなるほど悩んでる？」

「え……っ、え？」

快楽でボーッとしていた頭にそんな言葉が飛び込み、混濁していた意識に少し理性が戻る。

逸流は沙織の上半身をグイッと抱き上げ、自身の胸板に彼女の背中を密着させた状態で、細かに腰を揺する。そして沙織の耳元に低く囁いた。

「一度俺に体を許してから、タガが外れたみたいに求めてるから嫌になった？　体目当てだと思ってる?」

「う……っ、ううん……っ、そ、……じゃな……っ、ぁ、――あぁっ」

大きな手で乳房を揉まれ、乳首を紙縒《こよ》られ艶冶《えんや》な溜め息が漏れる。

「俺はずっと沙織さんを思っていた。沙織さんが思ってるよりずぅっと、、、前から。だから、体目当てとか思わないでほしい」

ちゅぷ……と耳たぶをしゃぶられ、耳孔に逸流の吐息が入り込む。低く艶やかな声がすぐ近くで聞こえ、沙織は過敏なまでに蜜壺を締め付け反応した。

「っやぁあぁっ！　おっ、……おもっ、――て、な……っ」

ぐじゅぅ……っと最奥で逸流の熱杭を締め付けながら蜜を迸らせ、沙織が達く。逸流の美声は、ある意味沙織にとって凶器であった。

平らなお腹を波打たせビクンビクンと痙攣した沙織は、逸流の腕の中でぐったりと脱力してしまう。逸流は沙織の体をベッドの上にうつ伏せにし、もはや抵抗する力もない沙織を縦横無尽に突き上げた。

「あぁああぁ……っ！　あっ、うーっ、ぁああっ、ン、あぁ、やぁ……っ」

「沙織さん……っ、好きだっ。――好きだから……っ、だから、俺と結婚してほしい」

――あぁ。

決定的な言葉を言われ、沙織の中で何かが落ちた。

逸流に対して「義息子だから、義母だから」、「周りが許してくれない」と自ら作った心の壁が、その言葉で崩れ落ちたのだ。

かまくらのような沙織の心の壁は、自責の念で満ち、闇で満たされている。それに亀裂が入ったかと思うと光が差し込み、大きな穴が開いた。

穴の向こうから微笑んで手を差し伸べているのは――逸流だ。

「もう過去を気にしなくていい……っ、俺が守るから、俺が沙織さんを幸せにするから……っ、――あなたは幸せになるんだ！」

熱情を迸らせ、逸流が言い切った。

――あなたは幸せになるんだ。

その一言で沙織の全身を真っ白な炎が包み込み、心の中に巣くっていたジメジメとした感情ごと、すべてを浄化したような気がした。

「――あぁあ……」

細めた目から涙がとめどなく零れ、沙織は泣いた。

稔を喪って以来、自分は非公式の妻だったため、逸流や彰史夫婦、両親以外に誰からもねぎらわれなかった。夫を喪った悲しみも、広い家で一人ぽつんと暮らしていた寂しさも、誰も分かってくれなかった。

稔は交通事故で逝ってしまったが、孤独の中でその死すらも「もしかしたら自分のせいかも」と思う瞬間すらあった。誰にも何も言えないという環境の中、沙織は自分を酷く責めていた。

自分は非公式の妻だから、何があっても耐えるのが当たり前だと思い、親にすら思っている事を素直に言えなかった。

悲しい、寂しい、辛い、孤独である、話し相手がほしい……など、本来なら言えて当たり前の「ヘルプ」すら口にできずにいた。

友達と会っても、結婚した事すら報告していないので、相談できるはずもない。

その上で逸流の強すぎる想いをぶつけられ、沙織は一人で潰れそうになっていた。

――だがそれを、逸流はもう我慢しなくていいと言ってくれている。

「俺の、――妻になって、あなたは皆から祝福されるんだ。結婚式を挙げて『おめでとう』と祝福されて、満面の笑顔を見せていいんだ。あなたの幸せを、誰も責めない！」

乾ききってひび割れた大地に、逸流の言葉が慈雨となって降り注ぐ。

愛情という名の雨を受けて、沙織の心はふっくらとした豊かな土を取り戻そうとしていた。

――嬉しい……。

幸せになっていいと許可される事が、こんなに嬉しいとは思わなかった。

逸流の愛を浴びせられ、激しく体を貪られて沙織は歓喜の声を上げる。

「逸流くん……っ、いつる、――くんっ、―――好き……っ。あなたの優しさが、ずっと嬉しかったの……っ、あなたにこうされたいと、――ずっと、思ってた……っ」

滂沱の涙を流し、沙織はしゃくり上げながら押し殺していた想いを解き放つ。

今まで逸流に愛される事を、『罪』だと思っていた。

穏に対して後ろめたく思うからこそ、沙織は逸流の愛情を素直に受け入れられなかった。

だがこれからは、きっと――。

ジュボッと屹立を引き抜き、逸流は沙織の体を返す。

対面座位になり彼女を再び奥深くまで貫き、脳髄がとろけるほど甘美なキスをする。

「――ん、……んぅ……っ」

泣き濡れた顔のまま、沙織は心も体も逸流に縋り付き、彼の愛を乞うた。

その後、逸流は何度か腰を深くまで突き上げたあと、胴震いして煮えたぎった愛の白濁を解き放って倒れ込む。

ドッドッドッドッ……と二人の鼓動が重なり、荒々しい息づかいに合わせてリズムを刻む。

沙織の体に逸流の体重が掛けられ、その重みすら愛しい。

繋がったまま二人は何度もキスをし、気持ちを確かめ合っていた。

「沙織さん。これ……」

行為の熱が収まり、うとうとしていた沙織に、一度ベッドルームから出ていった逸流が何かを握らせる。

「なに……」

掌大の硬い物を握り、沙織はゆっくりと起き上がる。ヘッドボードに背中を預けると、逸流がリモコンで部屋の大きな照明をつけた。

沙織が手にしていたのは、リングケースだ。

「開けてみて」

逸流に言われ、沙織はドキドキしながらリングケースを開く。

リングケースの中には大きなダイヤが燦然と輝き、ダイヤの両脇には綺麗な青い石が並んでいる。

「沙織さんは一月生まれのやぎ座だって聞いたから、やぎ座の星座石のタンザナイトにした」

「綺麗……。深い青に紫が少し入って……。私、ブルーとか寒色が好きなの」

半ば呆然として逸流を見ると、彼は「知っているよ」という顔で微笑んだ。そしてリングを手に取ると、沙織の左手の薬指にスッと嵌めた。

（あ……）

沙織の指には、まだ稔との結婚指輪が嵌められている。それを見た瞬間、言いようのない罪悪感がこみ上げ、思わず逸流を見た。

「俺と……結婚してください」

沙織の目をまっすぐ見つめ、両手を握って逸流がもう一度プロポーズした。

「結婚指輪も俺に贈らせてくれ。俺の気持ちを受け止めて、祖父たちの事も俺を信じて待っていてほしい」

沙織の頭を優しく撫で、逸流がとろけるような笑みを浮かべた。

「……はい」

半ば呆然としたまま、沙織は頷いていた。

恐らく逸流以上に自分を愛してくれる人はいないだろう。

女としての本能が、「この手を離してはいけない」と告げていた。

「良かった」

いつも強引なまでに迫っていた逸流なのに、この時ばかりは心底安堵した笑みを浮かべるので、堪らず愛おしさがこみ上げる。

ふと、普通ならここで「前の夫の指輪は外そう」と言うのにな……と引っかかりを覚えた。

因みに稔がつけていた結婚指輪は、リビングの引き出しにしまってある。

「沙織さんも心の準備が必要だろうから、父との指輪は段階を踏んできちんと処理しよう。その方が沙織さんも納得できるだろう?」

けれど心を見透かされたように言われ、逸流の言う通りにした方がいいと思った。

「……分かった。この結婚指輪は、逸流くんと結婚したら手放すね」

「ああ、それでいい」

微笑んだ逸流に抱き寄せられ、沙織は目を閉じて幸せに浸る。

これでいいのだ、と自身に言い聞かせながら——。

# 第五章　Tempestoso《テンペストーソ》（嵐のような夫の愛情）

その後、逸流の行動は素早かった。

彰史に「話がある」と言って二人で彼の家を訪問し、直球で「結婚したいと思っている」と申し出たのだ。

「……二人はいつから付き合っていたんだ？」

重々しい彰史の声に、沙織は萎縮して背中が丸まりそうになるのを必死に堪える。その隣で、逸流は背筋を伸ばし堂々とした態度で答えた。

「父が生きていた頃には、何もありません。確かに俺は沙織さんに一目惚れしましたが、父のものに手を出すほど倫理観がない訳ではありません。父が亡くなって沙織さんが寂しいだろうと思い、イギリスにいた頃から頻繁に連絡をしていました。その間に、二人の絆は深まっていったと思っています」

彰史に視線をやられ、沙織は緊張して頷く。

「逸流さんにとても救われました。私にはあの赤坂のお家は広すぎて、たまにとても孤独を感じる時がありました。お手伝いさんや運転手さんなど、家に出入りする人達もとても優しくしてくださいます。……それでもやはり寂しさを感じていた私に、逸流さんは遠くからも細やかな配慮をしてくれました」

逸流と沙織の気持ちを聞き、彰史は溜め息をつく。しばらく沈黙が落ちていたが、それを破ったのは彰史の妻だ。

「いいんじゃないかしら？　稔が生きていた頃に逸流の気持ちが表に出ていたなら、問題があったかもしれない。でも悲しいけれどあの子はもういない。それに沙織さんも、親子ぐらいの年齢差の稔より、歳の近い逸流の方が一緒にいて気が楽なんじゃないかしら？惹かれ合うのも自然な事だと思うし、私は反対しないわ」

その言葉で、彰史も気持ちを決めたようだ。

「いいだろう、好きにしなさい。ただ会社では社長と秘書として、決して爛れた関係にならないように。仕事場は聖域だと思うこと」

「分かっています」

「はい」

きっぱりと返事をする逸流は、本当に職場ではオンオフをわきまえる人だと思う。

　それに引き換え稔は……と昔の事を思い出し、沙織は掌に浮かんだ嫌な汗をスカートに擦りつける。

「これから年末年始を迎えるから、正月にでも親族に沙織さんを紹介しなさい。稔との事は私たちも黙っておく。親族には沙織さんは初婚だと思わせ、それを貫き通す。いいな？」

「分かりました」

「ご配慮、痛み入ります」

　頭を下げつつ、沙織は胸を撫で下ろしていた。

「沙織さん」

「は、はい」

　彰史に声を掛けられ、ドキッとして顔を上げると、彼は少し申し訳なさそうな顔をしてこちらを見ている。

「歳の離れた稔と結婚してくれたというのに、あなたは半年間しか結婚生活を送る事ができなかった。事故で仕方のなかった事とはいえ、息子が寂しい思いをさせてすまない。ご両親もきっと気を揉まれただろう。私たちは変わらず沙織さんや、沙織さんのご家族も支援していく。逸流も少し癖のある子かもしれないが、どうか幸せになってほしい」

「ありがとうございます。もったいないお言葉です」

　彰史には本当に、世話になりっぱなしだ。

彼が言った「癖のある子」という言葉に内心首を傾げていると、それを補填するように妻が言葉を続ける。

「ほらこの子、少し潔癖症っぽいところがあるでしょう？　手を洗ったり掃除をしたがったり、一緒に生活していて少し気になるかもしれないけど……」

(なんだ、その事か)

ホッと安堵し、沙織は微笑む。

「いいえ、一緒に過ごしていても、特に気になりません。むしろ逸流さんは理想の男性で、私にはもったいなさすぎるぐらいです」

そう言うと、彰史も妻も安心したように笑ってくれた。

後日、沙織の両親にも挨拶に行った。

新しくなった実家は、沙織の目から見ても住みやすそうだと思う。母の皮膚病は高度な治療を終え、現在塗り薬と飲み薬で済んでいる。父は相変わらず忙しく働いているが、家族や生活に関わる心配事が減って、顔色も良くなったように思えた。

「御子柴さん、わざわざ来てくださってありがとうございます」

新築の家は広々としていて日差しが注ぎ込み、見るからに立派だ。そこにモデルのように端整な顔立ちで高身長の逸流が現れたので、沙織の母は舞い上がっていた。

「突然の事にもかかわらず、温かく迎えてくださってありがとうございます」

スーツを着て頭を下げた逸流に、両親はまずお悔やみの言葉を口にする。沙織が逸流と住むようになったのを知っていても、両親は逸流と直接相対するのは初めてだ。

「稔さんの事は本当に残念でした。娘を娶ってくださり、色々良くしてくださった稔さんがあんな事になって……。本当に驚きました」

母がしんみりと言い、父も口を開く。

「沙織の結婚は非公式だったので、私たちも表立って葬儀に参列できず申し訳ございません」

「いえ、それは父が望んだ事ですから。むしろ香典や立派なお花を贈ってくださって、感謝しています。それに沙織さんから聞きましたが、葬儀が終わったあとも父の墓に来てくださったそうじゃないですか。それだけで十分です」

大人びた逸流の答えに、両親は感心しきりだ。

「今日お伺いしたのは、沙織さんはうちの父と死別しましたが、再婚という形で僕にくださらないでしょうか、……というお願いです」

しかし逸流がスッと本題を切り出し、両親も些か緊張した顔になった。

「ご両親からすれば、うちの父が亡くなってまだ数年しか経っておらず、しかもその息子に……と苦く思われるのは当たり前です。僕は今までイギリスにいたので、お二人と交流できていませんし、『何の情報もない男』なのは重々承知しています」

「い、いえ……。そんな事は思っていません。娘から逸流さんはあのフィンチェスターに通われた、頭脳明晰でとても人間のできた方だと聞いています」

沙織の両親は、逸流への好意を隠さない表情をしている。

「父に比べ、僕は沙織さんより年下ですし、頼りないかもしれません。ですが父亡きあと、ずっと沙織さんを遠くから、そして帰国してから身近に支えてきた自負はあります。どうかこれからも一緒にいる事を許してくださらないでしょうか？」

逸流が深く頭を下げ、沙織もそれに倣う。

「お父さん、お母さん、お願いします。私、今度こそ幸せになります……！」

すると沙織の母が慌てて口を挟んだ。

「あ、頭を上げてください。沙織も」

沙織は一瞬顔を上げかけたが、逸流はそのままの姿勢だ。

「どうか『結婚を許す』と仰ってください。必ず沙織さんを幸せにします」

頭を下げたまま、逸流は揺るぎない声で結婚の許しを乞う。

「娘をお願い致します。ですから、顔を上げてください」

沙織の父が言い、やっと逸流が姿勢を戻す。

「御子柴さんの家には、稔さんからも、そのお父様である彰史さんからも、とても良くして頂いています。だから……という訳でもありませんが、沙織からいつも話を聞いていた逸流さんなら、娘を安心して任せられると思っています」

沙織から話を聞いていたという言葉に、逸流はチラッと彼女を見る。

「……その、本当に私は救われていたから、逸流くんの事を両親にも頻繁に話していたの。だから両親にとって、逸流くんはまったく知らない人じゃないんだよ」

そう説明すると、逸流は安堵して微笑した。

「……必ず、幸せにします。二人で幸せになってみせます」

もう一度強く、はっきりと言い切った逸流の言葉に、三人とも頼もしさを感じて微笑み合った。

＊＊

結婚するに当たり、住む場所は変わらないので、結婚式の会場を押さえ、招待客のリストを作り、二人の衣装を用意するだけで済んだ。

とはいえ、すぐに済むものでもないので、二人が結婚したのは逸流が二十四歳、沙織が二十七歳になった六月だ。

逸流の親戚たちも、彰史たちの口添えが効いたようで沙織を好意的に迎えた。

都内の外資系ホテル・ヘストンお台場にあるチャペルで式を挙げ、沙織は今度こそ両親にウェディングドレス姿を見せる事ができた。もちろん友人や恩師も招待できたし、本当に逸流には感謝してもしきれない。

ホテルのチャペルにはパイプオルガンがある。逸流にはクラシック音楽鑑賞の趣味があり、そこは彼のこだわりだ。

チャペルはぬくもりのある照明に包まれ、木製のベンチの脇には白い花が飾られている。足元には花びらがまかれ、キャンドルが灯っている。

ドレスを決めるに当たって、逸流は「一生に一度の事だから」と言って、様々なデザイナーや個人で依頼を受けている作家の作品集を取り寄せてくれた。結果、沙織のウェディングドレスは個人の衣装作家によるオーダーメイド作品となった。

沙織の体型に合わせたプリンセスラインのドレスには、値段の上限がなくふんだんに美しい手縫いの刺繍が施され、パールやレースも付いている。ブーケは白いバラやラベンダー、それにハーブの葉が入ったナチュラルな物にし、手元からいい香りがする。

逸流は薄いシルバーのタキシードを着て、女性の参列者から感嘆の溜め息をつかれていた。

オルガニストがメンデルスゾーンの『結婚行進曲』を演奏し、沙織は父にエスコートされてバージンロードを進む。やがて式が進行し、逸流と共に結婚の誓いを立てた。

夢に見たバージンロードに立った沙織は、逸流との未来に胸を高鳴らせていた。

「それでは指輪を交換してください」

神父に言われ、稔との結婚指輪の跡が微かに残る、沙織の左手の薬指にプラチナの結婚指輪が嵌められる。指輪の内側には、『Yours forever I&S』と刻印されてある。「永遠にあなたのもの」とは情熱的だが、そこが逸流のいいところだと思っていた。

沙織も逸流の指に結婚指輪を嵌め、ヴェール越しに目を合わせる。

「主の前にて、誓いのキスを交わしてください」

パッヘルベルの『カノン』が生演奏で流れるなか、沙織は膝を曲げて頭を下げる。逸流が純白のヴェールを上げ、プロによってメイクを施された沙織の顔を見てとろけるように微笑んだ。

「沙織さん、一生大切にする」

沙織にだけ聞こえる声で囁き、逸流が優しく唇を重ねる。

(あぁ、私……、ちゃんとチャペルで結婚式を挙げられてるんだ)

嬉しさのあまり、沙織の目からツゥッと涙が一筋流れた。

二十四歳の時に稔と契約結婚をし、彼を喪ってからこんなに幸せな日が訪れるとは思っていなかった。

逸流が顔を離し、目の前で慈愛の籠もった瞳を細め、微笑《わら》う。

二人が結婚した事を神父が宣言し、結婚証明書に二人でサインをした。結婚成立の報告、閉式の辞を経て、オルガニストがバッハの『主よ、人の望みの喜びよ』を演奏し始める。

沙織は逸流にエスコートされ、またバージンロードを歩いて退場した。


二人でイチャイチャする間もなくホテルで披露宴が行われる。

天井まで八メートルある巨大な広間には、煌めくシャンデリアが下がり、逸流が知り合いの映像制作会社に発注した、プロジェクションマッピングを投影する設備まであるという。

「どうせなら、一生思い出に残るものにしよう」というのが、今回披露宴を開くに至っての、逸流の口癖だった。

沙織も生来派手な事は好まない性質《たち》だったが、稔と結婚した時にはできなかった事を逸流がなんでも叶えてくれるので、ついつい頷いてしまう。

結果、披露宴はとても盛大なものになった。

参加者はほとんどが逸流の関係者だったが、沙織も親戚の他、学生時代の友人や会社の人を呼び、幸せな披露宴を挙げる事ができた。

お色直しでは妖精のような薄いブルーのチュールドレスと、目の覚めるような大人っぽい深紅のドレスに着替え、逸流も両親も、親戚や友人たちも皆大満足する披露宴になった。

披露宴の三次会まで逸流と沙織は出席し、その後はスイートルームで一日の疲れを癒す事にした。

「……沙織。どうしてもダメか？」

結婚してもう沙織を「さん」づけで呼ばなくなった逸流が、キングサイズのベッドにぐったり横たわった沙織に囁く。

「……ごめんなさい。疲れちゃって。明日のお昼過ぎに飛行機に乗るんでしょう？　エッチは我慢して」

もともとアルコールにあまり強い方ではないので、沙織は酔いもあり疲れ果てていた。

結婚式の主役を務めた上、大勢の人と会話をして疲弊しているし、今はぐっすり眠りたかった。

「……分かった」

「ごめんね。ありがとう。その代わり、バリ島についたら沢山イチャイチャしよう？」

ほとんど目を閉じて寝言に近い声で言うと、逸流が頭を撫でてくれ、頬にキスを落としたのが分かった。


翌日は二人でゆったりと部屋で朝食をとった。

白いプレートの上にエッグベネディクトがあり、サラダにフルーツの盛り合わせ。パンは焼きたてがバスケットの中に何種類も入っていて、好きに選んで食べられるのがありがたい。

エッグベネディクトを見ると懐かしい思い出が胸をよぎった。

「私、学生時代に苦学生……って言っていいのか分からないけど、けっこう貧乏だったの」

「ん？　そう……か」

いきなり苦学生だったと言われ、逸流はやや驚いた顔をしている。

「高校生までは地元の千葉にいたんだけど、大学生になってから東京で一人暮らしをしてね？　実家には心配かけたくなかったし、アルバイトで家賃を払って生活して……あとはもやしで何とかするっていう食生活も、珍しくなかった」

「今は健康そうで良かったよ」

「ふふ、そうだね。……それで、私の人生の転機ってOGに就職できた時なんだけど、面接に落ちたかもって落ち込んでいた時、私の恩人が励ましてくれたんだ」

「恩人？」

目を瞬かせる逸流に、沙織は懐かしげに目を細める。

「背の高い男の人で、金髪でサングラスを掛けてた。サングラスで顔はよく分からなかったけど、イケメンだったと思う。その人とはその時会ったきりの付き合いだったけど、

『面接に落ちたとは限らない』って励ましてくれた。もやししか食べていない私に、お洒落なカフェでパスタとかエッグベネディクトとか、フワフワのパンケーキとか、色々ご馳走してくれたんだ」

沙織の話を聞き、逸流は穏やかに笑う。

「きっとその人も、ご馳走して良かったって思っているんじゃないのかな」

「そう……ならいいな。いつかお礼をしたい。……だからね、私、エッグベネディクトを見るとあの人の事を思い出すの。いつかあの人に再会できたら、どんな悩みを抱えていても、私が聞いてあげたいって思う」

「そうか」

沙織の思い出話を逸流は微笑みながら聞いてくれ、朝食は和やかに終わった。

その後、昼前の出発まで、逸流は気を利かせてマッサージ師を呼んでくれた。

二人で結婚式の疲れをゆっくり癒したあと、ハイヤーで成田空港に向かう。

因みにウェディングドレス等は、逸流が連絡をした業者が別途ホテルまで取りに来て、自宅まで運んでくれるそうだ。

「逸流くん、飛行機の手配は任せてって言ってくれたけど、チケットとかはどうなってるの？」

「ああ、俺の飛行機で行くから問題ない」

「……俺の飛行機？」

逸流の返事を聞き、沙織は首を傾げる。

「プライベートジェットって知ってるか？」

「あ、う、うん。セレブが個人用に持っている飛行機でしょう？」

「それを所有している。買ったのは最近だけど、これから忙しくなるだろうし、必要だろうと思い切って買ったんだ」

「すご……い」

思わず呟いてから、ふと思い浮かんだ疑問を口にする。

「でもどうやって？　逸流くんって少し前まで学生だったでしょう？　幾ら稔さんの遺産を相続したとはいえ……」

それに対し、逸流は何でもないように答える。

「俺は子供の頃から株をやっていたんだ。興味を持って覚え始めて、気が付いたら周りの大人が色々教えてくれた。あとは自分で勉強して、コツを覚えたかな。イギリスに行ってから海外での横の繋がりも増えて、世界中の銘柄を買ってる。正直言って父よりも個人資産はあったと思うよ」

考えられない世界に、沙織は口を噤む。

「凄いね。私、株とか分からなくて怖くて手を出せない」

「沙織が望むなら、優しく教えるよ」

覚えられる気がしないので、沙織は笑って誤魔化した。

それからハイヤーは成田空港にあるプライベートジェットの側まで直接進み、手続きなど踏まずともそのまま乗り込む事になる。

飛行機前で、護衛だという男性三人と女性一人が挨拶をしてきた。

男性二人は逸流の護衛で、残る男性一人と女性一人は、沙織の護衛らしい。あまりに仰々しいので戸惑ったが、「ＯＧがＩＴ、車や化粧品で世界的シェアを誇る大企業だという事を忘れないでくれ」と逸流に言われ、沙織も社長夫人となった自覚をするのだった。

機内に入ると、空の上で仕事をするに当たって必要な設備がすべて整っていた。

合計二十人近くが座れる白い革張りのシートがある他、ソファやテーブルがあるラウンジ、そして会議室にはスクリーンもある。逸流個人が仕事をするための書斎もあり、その奥には飛行機の中にあると思えない、大きなベッドがあった。最後尾には、シャワーの設備まである。

空の旅は快適で、まるでホテルにいるような扱いだった。

逸流がこだわった高級食器に温かなコース料理が載せられ、ワインや飲み物なども一流品だ。厳選された映画も見られる上、機内無線ＬＡＮだってある。眠たくなったらベッドで眠れるし、こんな贅沢な空の旅は初めてだった。

飛行機は七、八時間のフライトを経てバリ島のデンパサール国際空港に着陸する。出迎えた空港スタッフにパスポートをチェックしてもらったあと、ホテルの送迎車に乗り込んだ。護衛も含め人数が多いので、車も三台に分かれている。

インドネシアは時差が一時間しかないので、時刻は二十一時前だ。

車窓から見える景色は、やはり南国という感じで木のシルエットが違う。空港に降り立った時も暖かくてムシッとした空気に包まれ、熱帯雨林気候の独特の匂いがする気がした。

車に乗って三十分ほどで、ブルスキ・リゾート・バリに到着した。

ブルスキは世界的に有名な宝石ブランドで、今回泊まるのは世界各国で展開するリゾートホテルらしい。何ともラグジュアリーな空間は、本当に富裕層のためのものに思える。

「すごいね……。こんな高級なホテル、いいの？」

「一生に一度の新婚旅行だろ？　いい思い出にしないと」

半袖の柄物シャツに黒い細身のパンツという姿の逸流は、ゆったりとラウンジのソファに座る。沙織もその隣にちょこんと座っているあいだ、護衛の一人がフロントに向かって手続きをしてくれた。その間、客の人数を確認してウェイターがオレンジジュースを置く。

「Terima kasih（ありがとう）」

逸流がスルッとインドネシア語らしき言葉で礼を言い、沙織は慌てて「Thank you」と英語で礼を言う。

「逸流くん凄いね？　話せるの？」

「インドネシア語は挨拶程度だよ。日本の外にいると沢山の言語に触れるから、どれも中途半端なところまで習得してるかな」

「私は英語だけでも精一杯なのに、凄いな」

さすがフィンチェスターを出ただけあると褒めても、逸流は微笑むだけだ。

「ジュース、美味しい」

オレンジジュースは日本で味わう物とはまったく違う美味しさがある。

「基本的にジュースは絞りたてを提供しているみたいだ。ここで出してもらえるフルーツジュースは、どれも美味しいと思うよ」

逸流が笑い、沙織も「楽しみ」と微笑む。

やがてコンシェルジュに案内されて、二人はブルスキ・ヴィラに向かった。

「わあ、すごい……！」

高い断崖の上に位置するヴィラからは、広いインド洋を眺望できる。今は夜なので海も黒いけれど、朝を迎えたらきっと美しい色を見せてくれるに違いない。

明かりがついたヴィラは屋敷のようで、その前にあるライトアップされたターコイズブルーのプールが何ともゴージャスだ。プールサイドには寛げるソファがあり、茅葺き屋根のガゼボには、マッサージを受けられるベッドまである。南国の木や色鮮やかな花もふんだんに植えられ、まさに『神々の島』と呼ぶに相応しい美しさを感じた。

歓迎のためか、楽師たちがヴィラ前の芝生に座りガムラン音楽を演奏してくれている。

「凄いねぇ……！　こんなに広いヴィラ、二人だけでいいの？」

案内されたヴィラは本来大勢で泊まっても大丈夫な作りになっているようで、リビングなどは大きなテーブルをソファが四方から囲んでいる。

先ほど通ったプールサイドにも、大きな茅葺きの屋根の下に同様のリラクゼーションパビリオンがあった。食事をとるテーブルは長く、椅子が六つある。

家族連れや、もしくは友人たちとパーティーでも開けそうなヴィラに、二人だけというのは何となく気が引ける。

「俺たちの新婚旅行なんだから、二人じゃないと意味がないだろう？　頼めば何でも叶うよ。シェフに来てもらって、このヴィラでできたての食事をとる事もできる。マッサージもエステもネイルも、すべて沙織が望むままだ」

「凄い……。逸流くん、ありがとう！」

感動のあまり逸流に抱きつくと、彼は微笑んで抱き締めてくれた。

コンシェルジュが英語でヴィラの説明をしたあと、にこやかに『良いご滞在を』と言って去っていった。

沙織は広々としたリビングのソファに座り、まだ夢心地でぼんやり周りを見る。

隣に逸流が静かに座り、沙織の肩を抱いてきた。

「東京では我慢したけど、ここにいる間は何も我慢しないからな」

「ん……」

頬に唇を押しつけられ、沙織の体の奥にじんわりとした熱が灯る。

「荷物置いて落ち着いたら、一緒に風呂に入ろうか」

「……はい」

はにかんで頷くと、逸流がポンポンと大きな手で頭を撫でてくれた。


二階にあるマスターベッドルームを確認すると、ベッドの上に赤いバラの花びらでハートマークが作られていた。

照れながらも沙織はウォークインクローゼットに服を収納し、洗面所に必要な道具なども置く。そして着替えを持ってバスルームに向かった。

「わ、すごい」

バスルームに入って海を望めるジェットバスに赤いバラの花びらが浮いているのを見ると、何度目かになる「凄い」を言ってしまった。

「ハネムーン仕様だな」

後ろからやってきた逸流はすでに全裸で、ジェットバスのスイッチを入れるとシャワーブースに向かう。

「沙織、おいで」

向けられた掌を見て沙織は赤面し、コクリと頷くと素肌の上に纏っていたバスローブを脱いだ。

「……綺麗だ」

肌を晒した沙織の肢体を見て、逸流は満足そうに目を細める。

恥ずかしくなった沙織は、タタッとシャワーブースの中に駆け込んだ。すぐに逸流も入り込み、コックを捻った。

沙織に水がかからないように、逸流は温度を調整してからシャワーヘッドをフックに掛ける。ザァッとお湯が全身に降り注ぎ、沙織はすでにメイクを落とした顔をもう一度両手で拭った。

「疲れたか？」

「……少し。でも飛行機で横になれたし、逸流くんが思ってるほどじゃないよ」

「沙織。夫婦になったんだから、俺の事も呼び捨てにして」

少し拗ねたように言われ、沙織は戸惑いながら彼の名を口にする。

「……い、逸流……」

すると彼はフワッと微笑んで、覆い被さるようにしてキスをしてきた。

「ん……、ぁ、……ふ、ぅ」

はむ、はむと唇を何度もついばまれ、呼吸を求める唇の内側を舌先でなぞられる。

「あぁ……」

逸流に唇を愛されただけで、沙織の体の奥に官能の火が灯った。

ザアザアとシャワーが降り注ぐなか、逸流の手が沙織の背中を這い、臀部に至ってギュ……ッと肉感的な尻たぶを掴んだ。

「ん……ぅ」

胸の奥で、心臓がドキドキと早鐘を打っている。逸流の胸板に押し潰された乳房越しに、その音が伝わってしまわないかと沙織は焦った。

逸流の舌にぐちゅりと口内を掻き回され、沙織は息継ぎの合間に「ふぁぁ……ん」と鼻に抜けた声を上げる。おまけに彼の両手が沙織の耳を塞ぎ、逸流の舌使いが直接頭蓋に響いてくるような錯覚を覚えた。

グチュリ、グチュグチュと、逸流が舌を蠢かすたびに沙織の脳髄に淫靡な水音が反響する。

耳を塞ぐだけでキスがこんなにいやらしいものになると知らず、沙織は膝をガクガク震わせへたり込む寸前だ。

不意に逸流が口を離し、至近距離で微笑《わら》った。

「沙織、とろけた顔してる。可愛い」

「……もぉ」

クタリとシャワーブースの壁にもたれ掛かった沙織を見て、逸流は愛しそうに笑う。

「沙織、髪と体洗ってあげるよ」

「え？　い、いいよ。そんなの一人でできる……」

「いいから、やらせて」

そう言う逸流は、本当に楽しそうだ。

今まで沙織も逸流も、心の底から二人の関係を楽しめていなかった気がする。どうしても二人の間には稔という存在が挟まり、故人であるがゆえに気持ちが暗くなってしまう。

だからこそ、今回の逸流との結婚と新婚旅行は、すべての始まりに思えた。

（私もここから、変わっていかないと）

それから沙織は逸流とじゃれ合いつつ、体と髪を洗ってからジェットバスで思う存分いちゃついた。

けれど沙織は、甘い新婚旅行だというのに、稔と入籍祝いをした時の事をチラリと思い出してしまった。

〝あの夜〟沙織は稔に抱かれた。

逸流が同じ部屋で寝ているというのに、性的に手を出されないと思い込んでいた当時の沙織は、稔に処女を奪われたのだ。

（今度こそ……、幸せな〝新婚初夜〟を迎えるんだから……）

心の中でそう思うものの、自分はもう処女ではない事を思い出し、この上なく悲しくなった。


「あ……」

真っ白なベッドカバーの上、真っ赤なバラの花びらが散らばっている。

もともとハート型に整えられていたそれは、逸流と沙織がふざけながらベッドに倒れ込んだためにグシャグシャになってしまった。

けれどそんな事に気を遣う間もなく、一糸纏わぬ姿の沙織は逸流に押し倒された姿で、全身に彼の唇を受けていた。

温かく柔らかな唇が、沙織の頭からつま先まで、丁寧に押しつけられていく。指の先も、背中やお尻も、つま先に至るまで、逸流は「沙織、好きだ」と囁きながら唇を押しつけていた。

まるでこの世で一番神聖な行為をされているかに思えた。

祈るような愛の告白と共に、逸流の唇が沙織の肌に温かなしるしを刻んでゆく。

唇が触れた部分から、全身にじんわりと逸流の熱が伝わっていく気がする。

「……逸流……」

吐息混じりに呼んだ名前に、この世界で一番美しいと思う男性が微笑んだ。

大きな手が沙織の胸を揉み、自由に形を変える。その光景を見下ろしている逸流の目は、愛した女を好きにできる支配感に浸っていた。

「あん……ン……」

プクンと尖った乳首を、逸流の指先が捏ねてさらに尖らせてくる。

「可愛い……。沙織、俺のものだ」

独り言ちるように呟き、逸流は沙織の乳首に吸い付いてきた。手はもう片方をクリクリと紙縒り、先端を爪で軽く引っ掻く。

「ん……っ、あぁ、……あ……」

逸流は沙織の胸が好きらしく、胸への愛撫がいつも長い。「愛する人の大好きな部分だから、たっぷり愛したい」というのが彼の言い分だ。

けれど執拗に胸ばかり攻められると、沙織もジクジクとした疼きが体の深部に蓄積し、とても辛い。早く彼により深くまで愛されたいと思う沙織は、無意識に腰を揺らし逸流の腰に押しつけていた。

「沙織は欲しがりだな」

彼女の乳首を唾液で光らせた逸流が、もう一度ちゅっと同じ場所を吸う。

「だって……」

逸流の滑らかな肌を撫で回し、沙織は上気した顔で言い訳をする。

「下もいじめてほしい？」

逸流の片手が沙織の乳房から腹部を撫で下ろし、下腹の辺りで円を描いてから、あえかに生えたアンダーヘアに至り、トントンと恥丘を指先で叩いた。

「ぅ……ん……。逸流……」

思わず彼の手を両手で押さえようとするが、唇についばむキスをされ窘められる。

「安心して。今夜はたっぷり沙織を食べ尽くすから」

再び逸流は沙織の乳首にしゃぶりつき、すでにしこり立ったそこを唇に含み顔を上下させた。彼の手はもう片方の沙織の乳房をもちもちと揉み、一方の手は濡れたアンダーヘアを撫でて秘唇に上下させた。

「や……っん……」

耳にチュク……と濡れた音が届き、沙織は逸流の髪を掻き回す。

儚い抵抗をしても逸流の手は止まらず、何度か秘唇を縦にヌルヌルとなぞったあと、指先が蜜口を揉んできた。

「ん……、ン……。いっ、……る。——ぁ、あぁっ」

逸流の口に乳房の肉ごと乳首が含まれ、強く吸引される。同時に彼の長い指が蜜口から侵入し、柔らかな粘膜を探ってきた。

ゾクゾクッと腰に言い知れない悦楽が駆け抜け、沙織は息を止め体をしならせる。

「沙織の中、温かくてたっぷり濡れていて、最高にいやらしいよ。俺の指を締め付けて離さない」

いやらしい言葉も、逸流が口にするなら快楽のさらなるエッセンスとなる。

幸せなはずなのに、沙織の脳裏を薄暗い思い出がかすめた。

(〝あの夜〟は……)

つい、ふ……と稔に処女を奪われた夜を思い出してしまう。

「あ……、…………ん……」

逸流の指にクチュクチュと蜜壺を掻き混ぜられても、思考が過去に引きずられている沙織は鈍い反応しかできない。

それを敏感に感じ取ったのか、逸流が沙織の乳首に歯を立て、肉芽をキュッとつねった。

「っきゃんっ」

甲高い悲鳴を上げ、沙織は目をまん丸にして逸流を見る。

そこには不機嫌を隠そうともしない顔があり、沙織は「あ……」と自身の失態を知った。

「沙織?　新婚初夜に何を考えてる?」

「ご……めんなさい」

「ここを、こう、できるのは、夫である俺だけだって分からないか？」

言いつつ、逸流は沙織の蜜壺に潜り込ませた指と、肉芽を捏ねる指を的確に動かす。

「いや……っ、あ、あぁあっ」

何度も体を重ね、逸流はもうすでに沙織の弱点を知り尽くしていた。

先ほどよりも烈しく媚壁を擦られ、沙織のそこはグチュグチュと蜜を泡立たせいやらしい音を立てている。ビクンビクンと白い肢体を跳ねさせ、「これ以上はやめて」と逸流から逃れようとしても叶わない。

「沙織？」

剣呑な光を宿した逸流の目が、まっすぐに沙織を射貫いてくる。

「うん……っ、あ！　あぁあぁ……っ、ごめ……っ、なさ……っ」

いつの間にか二本に増えた指は、沙織の柔らかな粘膜を何度も擦り立てる。肉芽の裏辺りを執拗に擦られ沙織が痙攣したというのに、次は一番奥の子宮口近くを攻めてくる。

「っだめぇえっ！　っあ、――いっ、……るっ」

とうとう沙織は胎児のように体を丸め、深い絶頂に身を浸した。頭の中を真っ白にし、肌を汗で光らせ、体が生理的に震えるのに任せる。

全身が煮えたぎるような淫悦が迸り、それでも沙織は気絶せず快楽の荒波を耐えきった。

グチュ……と糸を引く音をさせて逸流が指を引き抜き、沙織を冷徹な目で見つめたまま蜜にまみれた指を舐める。

「……ぁ、……う……。いっ、る……」

涙で潤んだ目で逸流を見上げ、沙織は恐怖にも似た感情で吐息を震わせた。

——怒らせてしまった？

まさか稔の事を考えていると知られてはいないと思う。だが自分を抱こうとしてくれている逸流から、ほんの少しでも気を逸らしてしまったのは確かだ。

不安な目で逸流を見上げていると、彼は乱暴な溜め息をつき、用意してあった避妊具の箱に手を伸ばした。手早く装着してしまってから、逸流は微笑んだ。そして沙織の頭を撫で、彼女の額にキスをする。

「……何もかも、余計な事を忘れるぐらい俺に夢中にさせてみせる」

彼の告白を素直に嬉しいと思いつつ、沙織は「避妊具を着けるんだな」と漠然と思っていた。可能なら、新婚初夜に子供を授かりたいと思っていたので、少し残念に思える。

「ん……、分かってる。私を好きになってくれて、ありがとう」

互いに触れ合って気持ちを確かめ合い、気が付けば唇を重ね舌で探り合っていた。

「ん……、ふ」

クチュ……と柔らかくぬめらかな舌が擦れ、互いの温度を確認してゆく。逸流の手は沙織の内腿を何度も滑り、そして亀頭も彼女の秘唇を往復していた。

やがて逸流は自身の肉竿に手を添え、ぐ……と腰を押し進める。

「ン……」

キスをされたまま沙織がくぐもった声を出し、高鳴る鼓動を必死に宥めた。けれど逸流の熱杭はずにゅう、と沙織の膣内に押し込まれ、その太さと長さに思わず腰が跳ね上がった。今まで何度も抱かれているというのに、今夜は新婚初夜だからかいつもより心も体も敏感になっている気がする。体の内部から逸流に変えられてしまいそうな感覚に陥り、彼を受け入れたいのに体は必死に屹立を締め付けて押し返す。

「……沙織、締めすぎだ」

唇を離した逸流が苦しげにうなり、濡れた唇を舐める。

その表情が得も言われぬほど美しく妖艶で、沙織の奥底にある牝が喜んだ。

逸流がゆっくり腰を引き、雁首が見えてからまたズブズブと沙織の中に一物を埋めてゆく。彼の熱が自分の体内を掻き混ぜる感触に、沙織は腰を震わせ艶冶な溜め息をついた。

「あぁ、……ン、ぁ……、いつ、る……、ん、ぁ、いい……っ」

硬い亀頭で弱点を何度も擦られると、早くも喜悦が込み上げ意識が飛んでしまいそうになる。懸命に呼吸を繰り返し、沙織は別の事を考えて絶頂するのを留めようとした。

だがその方法が悪手であった。

（あ……）

冷静になろうと思って脳裏に蘇ったのは、稔の顔だ。

契約結婚を持ちかけてきて、沙織にも家族にもとても良くしてくれた。何も言わず寝ているところを抱いたのは酷いと思うし、彼との性的な関わりも苦手だった。だがそれ以外はいい夫だったと思う。

乗り越えたはずなのに、稔の息子と初夜を迎え、組み敷かれて貫かれているのだと思うと、急に深い罪悪感に襲われた。

「ん……っ、ぅ」

あまりの背徳感にキュウッと逸流を締め付けると、彼はそれに応えるようにズンズンと深く腰を打ち付けてくる。

「ン……っ、あぁ、ア……っ、いっ、る……っ、ん、あぁあ……っ」

熱い楔が最奥まで沙織を穿ち、そのたびに名状しがたい喜悦が全身を駆け抜ける。

(気持ちいい……。溶けちゃう……)

あまりの快楽に沙織は怯えすら覚え、本能的にいきんで逸流を締め付けていた。

「っ、沙織……、締まる……っ」

ギュッと眉間に力を入れ、逸流は無造作に髪を掻き上げる。はぁっとぞんざいに息をつき、ギラギラと欲望に彩られた目で沙織を見つめた。沙織が一番感じる場所のみを、逸流は切っ先で何度も押し上げ、突き上げていじめてくる。

「あぁあう……っ、ン、はぁ……っ、あぁあ……っ」

そのたびに沙織は深く息を吸い込み、悩ましい声を上げて腰をくねらせ悶え抜いた。

「ダメ……っ、達く、達っちゃう……っ」

本能的に足に力を入れ、沙織は体を押し上げて逸流から逃げようとした。けれどその気配を察した彼は、沙織の腰を摑んで体を引き寄せ、さらにズンッと突き上げる。

「んあぁあぁ……っ、ゆる、――して、……っあぁ、あーっ」

終わりのない責め苦に、沙織は涙を零し頭を左右に振る。

豊かに波打ったロングヘアが、バラの花びらを絡めてシーツの上を滑った。

甘い快楽地獄に搦め捕られ、沙織は懸命に喘ぎ、もがく。

「いっ、――る……っ」

助けを求めるように逸流を見ても、彼は怒ったような目で沙織を見つめ、ずんずんと深くまで穿ってくるのみだ。

彼は何も言っていないが、その激しさはまるで稔との事を思い出したのを責めているように思えた。

逸流は優しいから、沙織の過ちを口に出して責めたりする事はないだろう。

だが、決して逃がしてくれない、と思う。

沙織が現実から逃げたくなりどこまで遁走したとしても、この美しい獣は追いかけてくるだろう。そして「愛している」と囁いて沙織を囲い込み、二度と逃がさない気がする。

恐ろしいまでの逸流の深愛を、嬉しいと思ってしまう自分がいた。

この二十七年間、こんなに沙織を愛してくれた異性はいない。

だから逸流の愛を受け入れて、一生に一度の恋に浸りたい。幸せになりたい。

そう願ってやまないのに、沙織は逸流が亡き夫の息子であるという事を、ふとした時に思い出してしまう。

「ゆる、して、――あぁあ、ン、……ごめ、…………なさっ」

激しい淫悦に揉まれ、沙織は混乱したなかで無意識に稔に謝ってしまっていた。

――あなたの息子とこんな関係になってごめんなさい。

――私だけ幸せになってごめんなさい。

――裏切ってしまってごめんなさい。

様々な意味の籠もった謝罪が唇から漏れ、快楽だけではない涙が頬を伝う。

「――――っ、沙織……っ」

獰猛に唸った逸流が、グイッと沙織の腰を抱え上げ膨らんだ肉芽を弾いた。

「つきゃぁあ……っ、あぁあぁ……っ！　――みの、――――る、さ……っ」

天地が逆さまになったかのような激しい快楽の波に呑まれ、沙織は自分が何を口走っているかも分からなくなった。逸流の激しい愛と執拗なセックスに追い詰められ、心の奥底に眠っている罪悪感が漏れ出たという事を、沙織は自覚していなかった。

だが逸流は違う。

ぎり、と激しく歯ぎしりをしたあと、沙織が膣奥をヒクつかせて達しているというのに、彼女の腰を乱暴に掴み縦横無尽に貫いた。

「っあぐ、あぅっ、うーっ、――んーっ、あぁあぁっ、いつ、る――――く、ぁああっ」

沙織は両手でシーツを掴み、つま先をキュウッと閉じたままビクビクと体を痙攣させ、跳ねた。

意識が高い場所に飛んで真っ白になったまま、現実では肉体が強すぎる快楽に暴れ回る。

ゴリゴリと太い剛直に貫かれ、沙織の弱点を硬い亀頭で何度も攻め立てられた。波がきたかと思えば、また次にもっと大きな波がやってくる。

押し寄せる波濤に耐えきれず、沙織はこみ上げた潮を堪える事もできなかった。

「っダメぇぇえ……っ!!」

哀れっぽい声を上げ、沙織は泣きながら夫の腹部に潮をまき散らした。

それでも逸流は何かのタガが外れたように沙織を突き上げ、彼女を蹂躙する。

「ふ、――――んーっ、んんンぅうう……っ」

何度目かの大きな波に攫われ、沙織は頭の中を真っ白にし、体すらフワッと浮き上がったような心地になる。

深い絶頂を味わったまま、沙織は気を失ってしまった。

「——くっ、ぅ」

逸流の肉棒が沙織の体内で膨れ上がり、ビクンビクンと暴れて先端から白濁を迸らせる。

沙織が放心して体を弛緩させているあいだ、逸流は歯を食いしばり快楽に身を任せた。

一日遅れの新婚初夜の一回目を味わい、逸流は長年想い続けた女を征服する悦びに身を震わせる。

結婚したのだから、沙織と相談して避妊具を着けずに行為に及んでも良かったが、逸流はそれをしなかった。

それというのも——。

「……あぁ……」

色っぽい溜め息をつき、逸流は沙織の温かな膣内から屹立を引き抜く。

被膜の先端は真っ白に塗り潰され、逸流が大量に吐精した事を物語っている。

まだぐったりとしている沙織を目で確認したあと、逸流はベッドサイドの引き出しを開け、その中にあらかじめ忍ばせておいたモノを取り出した。

——それは、一対の結婚指輪だ。

逸流はその指輪を憎悪の籠もった目で見下ろしたあと、避妊具を外し、先端にたっぷりと溜まった精液の中に指輪を二つとも落とす。

「消え失せろ。彼女の思い出から、永遠に」

吐き捨ててから、逸流は避妊具の口を固く縛ってティッシュで包み、ゴミ箱にポイと捨てた。

――沙織は知らない。

逸流の精液にまみれた指輪に、『M&S』――稔と沙織のイニシャルが彫られてあった事を。


「ん……」

ふぅ……っと意識が現実に戻り、沙織は小さく瞬きをして目を開けた。

「あ……っ、ぁ、――――え、え？」

体に律動が刻まれている。沙織はうつ伏せにされ背後から逸流に貫かれていた。

ぐっちゅぐっちゅとたっぷり潤った蜜壺を掻き混ぜられる音がし、その淫音を聞いただけで顔に熱が集まる。

「逸流……っ、ま、待って……」

「待たない。本当は生でしたかったんだろう？　今はゴムをつけてないから、たっぷり味わうといい」

「や……っ」

先ほど逸流が避妊具を着けた時にガッカリしたのを見透かされ、沙織はカァッと赤面する。膣内で大きな質量を見せつけて前後しているソレは、確かに直接触れ合っている気がする。

逸流を直に感じてドキドキしていたが、次の言葉に心臓が止まりそうになる。

「沙織、父をまだ忘れてないのか？　俺との新婚旅行で、父の名前を呼ぶほど愛していたのか？」

「!!」

沙織は瞬時に、自分が先ほど大きな波に攫われ、何を口走ってしまったのか理解した。

「そ、そうじゃないの……っ。今は逸流が好きだよ？　本当なの！」

「分かってるよ。沙織は一度に二人を想うほど器用じゃない。それぐらい分かってる。ただ、俺が何をどう頑張っても、父の『次』である事は変わらないんだと思うと、悔しくて堪らない……っ」

押し殺した逸流の叫びを聞き、沙織の胸にズグンと痛みが走る。

（私……、逸流を傷付けてた。せっかくの新婚旅行なのに。逸流はずっと私を側で支えて、こんな私を想ってくれていたのに）

「ごめ……っ、なさい。もう絶対に、稔さんの名前を出したりしないから……っ」

沙織は肘をついて上体を起こし、振り向いて逸流に訴える。

後ろから沙織を貫いていた逸流は――、物憂げに目を伏せ、溜め息をついた。

ジュプ……と屹立を引き抜き、彼は隣に寝そべると沙織の体を抱き締めてくる。

「……ちゃんと俺だけを見てくれるか？」

乱れた前髪の陰から、逸流はジッと沙織を見つめてきた。

「うん……っ。ちゃんと、現実を見る。生きている逸流だけを見て、愛する」

逸流に縋り付き抱き締めると、彼は優しく抱き返してくれた。

トン、トンとあやすように背中を叩かれ、掌のぬくもりが心地いい。

「……ごめんね。手の掛かる女で」

「いいよ。俺もだてに長年沙織を見てきた訳じゃない。まだ〝待つ〟事が必要なら、沙織の心が完全に手に入るまで、どれだけでも待ってみせる」

彼の我慢強い姿勢に沙織はもっと申し訳なくなり、深く感謝する。

「私、逸流だから甘えているのもあるんだと思う。……逸流はずっと私を支えてくれて、私がどんな弱音を吐いても嫌な顔をしなかったし、見限る事もしなかった。……その優しさが〝当たり前〟だと依存しているんだと思う。……逸流だって辛い時は辛いし、私の態度を見て何か言いたかった時もあるのにね」

本音を吐露しても、彼は沙織を責めない。

逸流は沙織がきちんと反省をし、改善すると言えば、それ以上責めずにこれから先の事を考えてくれる人だ。

「そうだと嬉しいな。俺はずっと沙織の夫になりたかった。沙織にならら迷惑を掛けられても何とも思わないし、沙織のためにならどんな事でもできる」

「ふふ、大げさだよ。……でも私は、何をして逸流にお返しすればいい？　家族も引き続き逸流にお世話になっているし、結婚式だって逸流がすべて準備してくれた。……私はしてもらってばかりで、いつも『何ができるんだろう？』って考えちゃう」

片方の奉仕や愛情、贈り物などが多すぎると、受け取る側は申し訳なさすら覚える事もある。それを察したのか、逸流が少し済まなそうに笑った。

「沙織は俺だけを見て、愛してくれればいい。俺が求めたら応えて、毎日の生活を俺の事だけ考えて過ごしてくれたらいいんだ。それが、どんなものにも勝る。自分で言ってしまうけど、金を持ってる男って大体そんなものなんだ」

「ん……。分かった」

目を閉じて、沙織は逸流の胸板に顔を押しつける。

生まれた時から御曹司である逸流の気持ちは、想像するしかない。

沙織からすれば、金さえあれば大抵の事は叶うように思える。けれどどれだけ金を持っていても、人の気持ちだけはどうにもならない時もあるのだろう。

母親を早々に亡くした逸流が、たった一人の父を亡くして、沙織の愛を強く求めてくるのも理解できる気がする。夫婦になったからとか、前から想ってくれていたという以上に、彼は家族の愛に飢えているのだと思う。

だから自分が逸流を、他の家族の分も愛さなければ、と思った。

「これからずっと、側にいるからね。誰よりも一緒に逸流と過ごして、あなたと歳を重ねていく。家族を作って、幸せを摑むの」

口にした言葉は、自分に立てた誓いでもある。

「そうだな。俺も沙織に温かい家庭を作ってあげたい」

「……ありがとう。私、逸流のいい奥さんになるから」

恥ずかしいけれど自分からチュッとキスをすると、逸流が上体を起こした。

「……じゃあ、幸せな新婚旅行の続き、してくれる？」

色っぽい目に見つめられ、沙織は小さく頷いた。

「宜しくお願いします、旦那様」

沙織の返事に逸流はとろけるように微笑み、キスをすると自身の竿を数度しごき、硬度を取り戻したモノを蜜壺に潜り込ませてきた。

それから一週間、沙織は幸せな日々を過ごせた。

嘘のようにゴージャスなヴィラで、セレブのような生活をし、働くでもなく逸流といちゃついて、エステやマッサージを受けた。

お腹が空いたら最高級の食材を使った美味しい料理を食べ、日本では飲めなさそうなフレッシュジュースも沢山飲んだ。

逸流と一緒に選んだ、数種類の水着も大活躍した。ヴィラにあるプールで泳ぐほか、ブルスキが所有するプライベートビーチもすぐ近くにある。真っ青なインド洋を目にし、強い日差しとムシッとした南国の空気を一日中味わう。スコールに打たれる植物を見たあと、カラッと晴れた空の下、逸流とまた散歩に出る。

(神様がくれた、人生の休憩みたい)

ヴィラの前にあるリラクゼーションパビリオンで、沙織は逸流に抱き締められてウトウトしつつ、そう思っていた。

耳に入るのは遠く聞こえる潮騒と、風が木々の葉を揺らす音。そして自分を抱いている逸流の小さな寝息。

(私にとっての神様は……、逸流なのかもしれない。だから、奥さんとして逸流を幸せにしないと……)

胸の奥にはまだ棯に関わる感情があり、時折胸を締め付ける。

Opal Label
オパール文庫
ティアラ文庫&オパール文庫総合情報ペーパー
Coffret《コフレ》
2020
10月
for Opal
プランタン出版
『どうしたら推しと結婚できますか!?』（イラスト：すみ）

## オパール文庫10月新刊!

### 愛囚　危険な獣

Black Opal

山野辺りり　イラスト／駒城ミチヲ

**夜ごと、密室で淫悦に喘がされて**

真司に手錠で繋がれ、閉じ込められた綾芽。毎夜、激しく抱かれて恐ろしいほどの悦楽に苛まれ……。獰猛な男に奪われ尽くす監禁愛。

### 理想の婚活　スパダリ医師《ドクター》の過保護な溺愛

桜しんり　イラスト／氷堂れん

**君の全部を、僕にちょうだい**

自分に自信のない千紗がイケメン医師とデートの練習!?「感じるの、上手になったね」触れられれば蕩けるほど感じてしまい……。

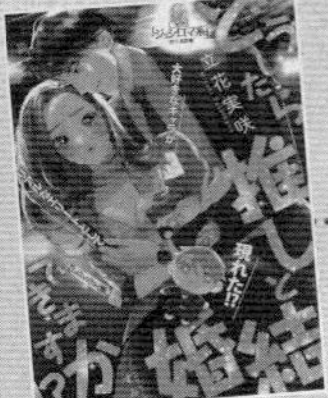


### どうしたら推しと結婚できますか!?

立花実咲　イラスト／すみ

**大好きなキャラが、リアルなエリートとして現れた!?**

２次元に人生を捧げてきた隠れオタクな由華。同期の蓮弥に趣味を知られ、「バラされたくなかったら僕と婚約してくれ」と迫られて!?

### 狂気の純愛

Black Opal

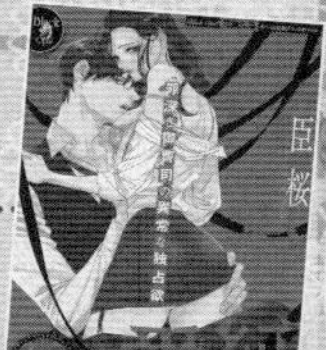


臣 桜　イラスト／森原八鹿

**罪深き御曹司の異常な独占欲**

年の離れた社長と契約結婚、そして死別。以来、沙織は義理の息子・逸流に支えられ生活してきたが、三回忌のあとに突然唇を奪われ……

# ティアラ文庫9月新刊!

## 好きな人に惚れ薬を飲まされました!

月神サキ　イラスト／Ciel

**両想いだからイチャイチャしてもいいですよね?**

憧れの侯爵・ヒューゴ様に惚れ薬を飲まされた私。薬のせいにして大胆に迫ってみたら、幸せな溺愛生活が待っていた!

## 悪役令嬢は断罪引退を目指したい! けど、もしかしてここ溺愛ルート!?

せらひなこ　イラスト／コトハ

**嫌われないといけないのに、なぜかめちゃくちゃ愛されちゃってる……!!**

乙女ゲームの世界に悪役令嬢として転生した私。断罪されないといけないのに、なぜか王子に抱き締められ——予想外の激甘展開に!?

けれどそれは、これから逸流と一緒に進むには捨てなければいけないものだ。

（バリ島の海と空に、稔さんとの思い出をすべて捨てていこう）

そんな沙織は、かつての結婚指輪が使用済みコンドームの中で精液まみれになったのを知らない。

もうとっくのとうにルームキーパーによってゴミは捨てられ、彼女と稔を繋ぐリングは永遠に失われた。

＊＊

インドネシアから帰国し、沙織はまたもとの生活に戻った。

逸流の秘書として彼と一緒に会社と自宅を往復し、忙しい時は家政婦が作った食事をとる。それでも妻らしくありたいと思い、自分で食事を作れそうな時はできるだけ頑張った。

逸流も当たり前に手伝ってくれ、二人でキッチンに立つのはとても楽しい。おまけに彼は留学していた間に、色々な国の友人から家庭料理も学んでいたようだ。

「これはドイツの家庭料理だよ」と教えてもらい、一緒に作ったウィンナーシュニッツェル——仔牛のカツレツはとても美味しかった。

他にも各国の友人から「奥さんに」と贈り物も頻繁に届き、高価そうなアクセサリーやコスメ、香水などを受け取ったり、「二人で料理をしろ」と食材を送られる事もあった。

「逸流って本当に向こうで好かれていたんだね」

あまりに沢山送られてくるので、自宅に専用の冷凍庫を一つ増やしたぐらいだ。

「普通に接していただけだよ」

彼は謙遜するが、沙織は逸流がとても優しくて気の利く人だと分かっている。彼の友人だって、何かがあって落ち込んでいた時、逸流に励まされたのかもしれない。

逸流は激励するタイプではないが、ただ側にいてくれたり、酒を飲んで時間を共有するなど、寄り添って相手の心を癒すのが上手い。

「でもこうやって沢山の友達からお祝いが来るっていう事は、好かれている証拠だと思うよ」

ニコニコとして言った沙織に、逸流は微笑んでそれ以上何も反論しなかった。


それを見てしまったのは、新婚旅行から帰ってきて一か月後の七月だ。

ある晩、沙織は手洗いに行きたくなって目覚めた。寝る前に逸流と一緒に晩酌をしたので、そのせいかと思われる。

(逸流、起きてるのかな?　書斎で仕事をしてる?)

目が覚めると沙織はキングサイズのベッドに一人で寝ていた。

酔い潰れて寝た訳ではなく、二人で「そろそろ寝ようか」と言って一緒にベッドに入ったのに、隣に逸流の姿がない。

廊下を歩いて一度洗面所に寄り、玄関ホールに出ると、リビングの方からぼんやりと明かりが漏れている。

「逸流？　起きてるの？」

リビングに続くドアを開け――、耳に入り込んだのは女性の喘ぎ声だ。

『いやぁ……っ、いや、――やめ、……て……っ』

耳の奥で粘つくようなこの声は、なぜか「聞いた事がある」と直感で思った。

ゾアッと全身に鳥肌が立ち、嫌な予感がする。

（アダルトビデオを見てるの？）

女性の喘ぎ声はまだ続いている事から、逸流は沙織がリビングに入ってきた事に気づいていないようだ。

沙織はそろっと足音を忍ばせ、リビングに入る。

そして七十インチの大画面に映っていた女性を見て――、息を止めた。

鈍器で頭を殴られたかのようなショックを受け、彼女は固まる。

『お願い……っ、稔さん……っ、許して、……あぁ、もう、こんなの……っ』

――稔さん。

その名前が止まった沙織の頭に入り込む。

――じゃあ？

――じゃあ、画面に映っている、乳首の出た卑猥な下着をつけ、目隠しをされた女性は？

――明らかに素人が撮影したとおぼしきカメラワークで、オープンクロッチショーツの間にローターを押しつけられているのは？

――モザイクも何もなく、生々しい息づかいと嬌声を漏らし、見た事のあるオフィスデスクに縋り付いているのは？

「っやめてぇぇぇぇぇぇぇぇっ……!!」

沙織は弾かれたように走り出し、ソファに座っている逸流に縋り付いた。

逸流は感情の消えた顔をテレビに向けたまま、静かにストレートのウィスキーを飲んでいる。

必死になった沙織はソファの正面に回り込み、彼の隣にあったリモコンを持つと、ブルブル震える手で停止ボタンを押した。

シン……とリビングに静寂が落ちる。

「……ど、して、…………どうして……っ!!」

叩きつけるように叫び、沙織はその場にズルズルと崩れ落ち、両手で顔を覆って泣き始めた。

――幸せな新婚生活を送っていたはずなのに。

――あの過去はもう捨てて、抹消したはずなのに。

――残されてはいけないものだったのに。

激しく嗚咽する沙織の肩に、逸流が触れる。

ビクッと大げさなほどに体を震わせた沙織を、逸流は床に膝をつき抱き締めてきた。

「……父の遺品を……、スマホやパソコンの中身を整理していた。あなたを辱めようとして見ていたんじゃない。……それは分かってくれるか?」

いたわる声に、沙織は震えたままコクンと頷く。

「……動画を撮られているっ、――なん、て、知らなっ、かったの……。いつも、目隠しっ、されて、――いたから……っ、そんなっ、――こと、一言も、い、言わなかったし……っ。――ひどい……っ、ひどいっ!!」

消え入りそうな声で沙織は言い訳をし、今は亡き稔を責める。そして何度も何度も、首を左右に振った。

確かに沙織は、稔と契約結婚をしてからこのような行為をされていた。

まともな夫婦の営みと思えず、ただ辱められるだけなので彼の性癖は理解しがたかったし、正直とても嫌な時間だった。

沙織は何とか〝夫婦〟の行為だと自分に言い聞かせ、どこで何をするとしても〝二人だけの秘密〟であると信じて疑っていなかった。

それがまさか、こんな風に記録に残され、逸流に見られるなど夢にも思わなかったのだ。

稔に、死んでから激しく裏切られた事になる。

(いや……。罰が当たったんだろうか。逸流と結婚したから……稔さんが怒ってこうなったんだろうか)

混乱しきった沙織は、もうまともに考える思考能力を持っていない。

激しく嗚咽したからか、喉が引き攣って呼吸が上手くできなかった。

逸流は黙って沙織をソファに座らせ、抱き締めてくる。

「……俺もショックだった。……落ち着いてからでいいから、どうしてこんな事をされていたのか、説明してくれるか?」

「……うん……」

初めて稔に体を求められた時、彼に逆らえばやっと手に入れた生活の安定を失うかもしれないと怯えた。だがそれよりも、いま逸流に嫌われ、見捨てられるかもしれないという恐れの方が圧倒的に強い。

涙が止まった頃、逸流はテーブルの上に置いておいた未開封のミネラルウォーターを差しだしてきた。

彼がキャップを開けてくれた水を、沙織はありがたく飲む。

冷たい水が胃まで流れたのを感じ、いくぶん冷静さを取り戻せた気がする。

やがて沙織は溜め息をつき、ペットボトルをテーブルに置いてポツリポツリと稔との契約結婚について話し出した。

「……稔さんと結婚した最初のきっかけは、私の貧乏生活にあったの。奨学金の返済がある上、秘書業でスキルアップや外見を整えなければいけないとか、色んな要素が重なって生活が苦しかった。逸流も知っている通り、私の実家はあまり裕福じゃないから、仕送りも望めないし、逆に私が仕送りをしてた。でも進学を選んだのは私だし、それを経ていま秘書になっている事に後悔はしていない」

逸流は優しく沙織の髪を撫で、黙って聞いてくれている。

「私は稔さんにある程度自分の事を話したし、彼も調べれば容易に私がお金で困っていると分かったと思う。稔さんが何を考えて私を選んだのか分からない。ただ私たちの結婚は、契約書の上で、彼が私の生活や実家の援助をし、その代わりに私が稔さんの出した条件を呑む、契約結婚だった。……私は、生活の安定ほしさに、稔さんのプロポーズに頷いてしまったの」

なるべくソフトな表現をしたが、結局は金が目当てだと言われても仕方がない。

逸流に罵られるかと思い、沙織は覚悟をして息を詰めた。

けれど逸流は沙織の髪の毛をやんわりと手で梳いたあと、額に唇を押しつけてくる。

「普通、そういう風に手を差し伸べられて、断れる人っていないんじゃないかな」

優しい解釈に沙織は安堵する。

——そんな自分が堪らなく醜いと、自己嫌悪にも陥った。

「ありがとう」

「……それで、父との契約結婚にはさっきのような事も条件にあった？」

さりげなく先ほどの動画の事に触れられ、沙織の体が緊張を帯びる。

「……稔さん、私とセックスはしないって最初は言っていたの。でも契約書に性的な事を絶対しないとは書かれてなかった。だから、最後まではしなくても、途中まで……愛撫的な事はするのだと思ってた。契約でも夫婦だもの。私だってある程度の事は受け入れる覚悟はあった」

「……その中身がアレ？　あの場所はどう見ても、俺が今オフィスにしている社長室だと思うけど」

逸流に責める気などないのは分かっている。

けれど沙織はあまりの罪悪感に、カァッと赤面して俯いた。

「……ごめんなさい……。職場を、聖域を侵すような真似をして……。……稔さんは少し変わった性癖の持ち主みたいで、直接私を愛撫するよりも、恥ずかしい格好をさせて恥じらっている姿を見るのが好きみたいだった」

暗い目で以前の事を思い出し、沙織はポツリポツリと語る。

「初めて稔さんとそういう事をするようになったのは、籍を入れてすぐだったと思う。家の寝室でアダルトグッズを使われて、一方的に辱めを受けた。結局最後まで、稔さんとは普通のセックスはしなかった。ただ、道具を使って辱められるだけ……。まるで遊ばれているみたいだった」

沙織は稔と結婚したての頃を思い出す。

寝ようと思ったら目隠しをされ、夜ごと大人の玩具のモーター音を聞きながら苛まれていた。

明らかに普通ではない性癖に、沙織はついていくのが精一杯だった。

いつか慣れるかもしれないと思ったが、稔はその体で愛する事をしない。せめて普通にセックスをしたり、手や口で愛撫をするなら、沙織もまだ理解できたと思う。

まるで拷問のように強い振動で恥辱を味わわされ、強制的な快楽を得て沙織は達していた。当然、そんなもので愛情を感じられるはずもない。

けれどその時は「これが契約なんだ」と自分を押し殺して、我慢するしかなかった。

「……そのうち、会社にもいやらしい下着を着けて来るように要求された。取り引きがある時も接待で外出する時も、私はカッチリとしたスーツの下にいやらしい下着を着けていた。時間に余裕がある時は、社長室でもああやって道具を使って攻められた。……お腹にローターを仕込まれて、リモコンで操作された事もある……っ。……わた、私……っ、稔さんの事は尊敬しているし、私や親を救ってくれた人だと思って恩を感じてる。——でも、あの性癖だけは……っ、耐えがたかったの……っ。——信じて……っ。私は、アレをされて喜んだりしてない……っ」

吐き出すように言い、沙織の目にまた涙が浮かぶ。

掌で乱暴に拭おうとすると、その前に逸流が固く抱き締めてきた。

「沙織を信じるよ。そして、父が申し訳ない事をした。息子として深く陳謝する」

深いいたわりの声に、沙織の心の奥でわだかまっていたものが決壊する。

「……っ、ごめ、——ごめんね……っ！　私、表面上で逸流にニコニコしながら、陰ではいやらしい事をされていたの……っ。逸流が育ったこの家を、私は……っ、汚してしまっていた……っ」

泣き崩れる沙織を逸流はしっかりと抱き締め、何度も彼女の背中を撫でた。

「俺は父が沙織の意見も聞かず、ご実家の建て替えを進めたのを知ってる。お義母さんの入院も必要な事だったろうけど、父は沙織を断れないようにするため、半ば強引に事を進めたんだろう。……あの人は温厚な紳士に見えて、人の裏を掻く事をする男だから」

逸流の棘のある言葉に、沙織は気づかない。

ただ、逸流に拒絶されない事に心底安堵し、彼に感謝していた。

「……本当は今まで、心の底にまだ稔さんがいたの。好きだったとかじゃなくて、契約相手として、家族として一緒に暮らした相手に情があった。稔さんは亡くなってしまったのに、息子である逸流と結婚した罪悪感や、自分一人が幸せになる後ろめたさもあって、稔さんにいつまでも『悪い』って思っていた。……っでも、これを撮影されていたなんて知らなくて……っ、今は恨みたい気持ちで一杯……っ。……正直、見損なった……」

相手が故人だからか、沙織の感情も行き場がない。

今の夫《いつる》に一番見られたくない物を見られ、沙織の胸はナイフで切り裂かれたように痛んでいた。

「俺も自分の父親ながら、見損なったよ。……どう折り合いをつけていいか分からなくて、動画を流しっぱなしにしていた。あれはもう、消してしまおう」

「うん……っ。そうして。……ごめんなさい。本当に、ごめんなさい……っ」

また顔を覆って静かに涙を零す沙織は、今や稔を憎んでいた。

性欲があるのは健康な男性として当たり前としよう。性癖が普通の人とズレているのも、個人差があるので仕方がないと思う。

それでも、パートナーの嬌態を動画に残しておくなんて酷い。それを沙織に言わないのも信じられない。

(まさか逸流に見られるなんて……っ)

稔との契約結婚とは違い、沙織は逸流を心の底から愛している。

自分をこんなに愛してくれる人はいないと思うし、沙織自身一生に一度の恋だと思っていた。だからこそ、この動画を逸流に見られたのは本当にショックだった。

今の沙織は稔のすべてを嫌悪し、憎んですらいる。

契約結婚の相手として、確かに稔は表向き理想の夫だった。怒らず穏やかで、一緒にいて心地いい空間を築けた。だが性的な面で我慢していたものが今爆発し、沙織の中で稔の美点はすべて吹き飛んでしまった。

「お願い……っ、忘れて！　ムシのいい事を言っているのは分かってる。でも私は、今は逸流だけを愛したいの……っ！　私に……っ、逸流を愛させて……っ」

逸流の両手を握り締め、沙織はまた肩を震わせる。

そんな沙織を抱き締め、逸流は穏やかな声で言い彼女の背をトントンと叩いた。

「分かった。もうこの件について俺からは何も言わない。俺は沙織を絶対に大切にする。嫌がる事はしないし、守り抜く。……だから、安心して。俺は沙織を見放したりしないよ」

「……ありがとう、逸流。……私には、逸流しかいない……」

頼りがいのある体に身を委ね、沙織はただ一人信じ愛する人の手に、震える唇を押しつけた。

逸流は――、沙織を抱き締めたまま、薄暗いリビングの中に視線を向けている。
父が好んで座っていた一人掛けのソファを見て――、ほの暗く笑った。

# 第六章　Accordo perfetto《アッコルド・ペルフェット》（補填された思い出による完全和音）

衝撃の夜から一週間が経ち、沙織は週末に逸流と『浅葱茶屋』で過ごしたあと、のんびりと自宅で寛いでいた。

その夜は逸流が取り寄せたA5ランクの和牛を使って、贅沢なすき焼きを食べた。

きっと沙織がショックを受けていると思って、気を遣ってくれたのだろう。

そう思うと、逸流の優しさが本当に心に染みる。

食後の片付けを二人でしたあと、『浅葱茶屋』からテイクアウトした濃厚な抹茶のアイスクリームを食べる。

逸流がこだわって用意したサルデーニャ産の白ワインは、抹茶にとても合った。

「……私ね、稔さんとお付き合いするまで、……処女だったの」

「まで？　……父との契約は、『最後までしない』んじゃなかったっけ？」

ワインがほどよく回ったからか、沙織の頑なだった心もほぐれ、絶対に逸流に秘密にしておこうと思った事も唇から零れてしまう。

一番の秘密がバレてしまった以上、もう逸流に隠す事は何もないと思った。

「うん、そうなんだけどね。逸流と初めて会った夜、覚えてる？　この家で稔さんとの入籍お祝いをして、逸流が美味しいカクテルを何杯も作ってくれた……」

「ああ、沙織は甘い酒にニコニコしていたな。可愛かったからよく覚えてる」

「……もう」

逸流は沙織が何をしても「愛しい、可愛い」という態度を崩さない。その溺愛具合に沙織も思わず頬が緩む。それでもあの晩の事を思い出すと、沙織は憂い顔になる。

「……夜中に目が覚めたらね、目隠しをされていたの。……それで、『隣に逸流が寝ているから、声を出すんじゃない』って言われて……」

「……抱かれた？」

すべてを察し、静かに尋ねた逸流に、沙織は俯いたまま頷く。

「……あの瞬間、契約を破った稔さんへの信頼はなくなっていた。それなのに私は、自分や両親の保身を思って『別れる』って言えないでいた。家も新築してもらって、母も入院させてもらった。……私は我慢して稔さんのお人形でいるしかなかった。『性的なこと以外はいい人だし、誰にだって欠点はある』って自分に言い聞かせて、彼が契約を破った事について話し合うとか、問題に向き合おうとしなかった」

ずっと我慢していた凝り固まっていたものが、押し殺していた感情が、逸流の優しさに解きほぐされてポロポロと剝がれていく。

「沙織はずっと我慢していたんだな。父が亡くなってから三年間、俺にこうやって心を許してくれるまで、誰にも言えなかったんだろう？　……我慢させて、ごめんな」

逸流が沙織の肩を抱き、頭を撫でてくれる。

「……ショックだった。処女を大切にとっていた訳じゃないけど、『いつか大切な、愛した人に捧げる』って乙女みたいな事も漠然と考えていたの。契約書を見て、最後までしなかって書いてあったから、どこか安心していたのかもしれない。……お金のために、自分の体を売ったも同然なのにね。……私、本当にやっている事と言っている事がちぐはぐで……。調子がいいよね。自分でも呆れちゃう」

自嘲気味に言った沙織を、逸流はやはり優しく慰めてくれる。

「沙織、そういう風に言わなくていい。世の中には色んな形の結婚がある。その中でも、沙織は契約結婚で父の事を愛している訳じゃなかった。父だって祖父からうるさく言われていたから、沙織を利用したんだろう。どんな形の結婚でも、契約は守らなければいけない。父はそれを破った。沙織は父を恨んで当たり前だし、嫌悪して憎んでも仕方がない」

何があっても沙織を肯定し、ただ甘に甘やかす逸流が堪らなく愛しい。

「……逸流は悪い人だね。こんな打算だらけの私を甘やかして、何をやっても、言っても、『いいんだよ』って包み込んでくれる。……私、どんどん逸流に依存して、このままじゃ逸流がいなかったら生きていけなくなっちゃう」

「ふぅん？　それは魅力的な言葉だな。どれ、どんどん甘やかそうか」

半分ふざけて言い、逸流は沙織を抱き締めチュッチュッと顔にキスをしてくる。

「んっ、……ふふ、もぉ。逸流ったら」

沙織はこの甘ったるい夫婦の時間を、人生のご褒美のように思っていた。

今まで苦学生として生きてきたのも、稔との結婚生活で夜に関する苦しみや嫌悪を押し殺していたのも、すべていま幸せになるための土台なのではと感じられた。

稔に裏切られたというショックはまだ強い。だが仮にも夫であった稔を差し置いて、息子と結婚してしまった罪悪感はあるので、当然の報いなのかもと思う自分もいる。

それでも稔の死は交通事故だったし、今は逸流に愛されて幸せだ。稔が死後の世界で自分たちをどう思っているかは分からないが、沙織は幸せになりたいと願っていた。


思い出す稔との結婚生活は、ギャップがありすぎたと思う。

彼が本性を現したのは、籍を入れてからだ。

逸流に言ったように目隠しをされ、いやらしい下着を身につけた体を鑑賞された。大人の玩具を使って乳首や秘部を苛まれ、「こんな事いやなのに」と思いながらも体は絶頂してしまっていた。

行為が終わったあと、沙織は死にたくなるほどの恥辱を覚え、会社でも稔の顔をまともに見られないでいた。

『こんな私ですまないね？　どうにも私は昔から女性の体そのものに興奮を覚えられないんだ。女性を辱めて、恥ずかしがる姿に興奮する。だから沙織がただ脱いでくれても、私は男として反応する事ができない。……だから、こういう方法をとる私を許してくれ』

稔はそう言って、沙織に次々と新しいランジェリーやコスプレ衣装を着せた。

『ずっと、君にこうやって色んな格好をしてほしいと思っていたんだ』

そう言って喜ぶ稔は、確かに沙織が脱ぐだけではまったく興奮しないようだった。

沙織が目隠しをされて嬌態を見せた時、稔は自慰をしていたのか、時折『……あぁ』と気だるげな声を出していたのを聞いた。

そのような行為自体に本当は嫌悪感を抱いていたし、沙織の体を愛撫しようとせず、道具に頼りっきりの上、自慰で終わってしまう稔にどこか男として失望もしていた。

入籍祝いをしたあの夜、沙織を抱いたのは気まぐれだったのだろうか。

沙織が若くて美しい逸流と仲良くしていたから、やはり夫として嫉妬したのだろうか。

――今となっては、永遠に分からないが。

だからいま沙織は、逸流に女性として求められ愛される事に、無上の喜びを感じていた。彼は沙織が未亡人でも、稔に手を出されていたと知っても、変わらない愛情を向けてくれる。沙織が苦学生だった事も、実家が裕福でない事も、何も気にしていない。

自分にはもったいないほどの夫を、沙織は心から大切にしたいと思っていた。


「沙織」

自身の心の鏡を覗き込んでいた沙織は、逸流に呼ばれてふっと我に返る。

「沙織が色々秘密を話してくれたから、俺も沙織に黙っていた秘密を打ち明けるよ」

「えっ？　……逸流が私に隠していた事なんてあったの？」

寝耳に水で、沙織は目を瞬かせる。

まさか他にも女性がいるのでは……と、自分が捨てられるかもしれない恐怖を抱いた沙織に、逸流は微笑みかけた。

「俺が沙織と初めて会ったのは、一緒にお祝いをした、あの日じゃないんだ」

「え……？」

沙織はきょとんと目を瞬かせ、必死に記憶の糸を手繰る。

こんなに美しくて格好いい逸流なら、過去に出会っていて忘れるはずもないと思う。

「俺は沙織を、ずうっと前から見ていて、知っていたんだよ」

逸流は沙織の香り――チューベローズの甘い匂いを吸い込み、歌うように言う。

「どういう……事？」

抱き締められた体勢からモソリと顔を上げ、沙織は逸流を見つめる。

すると彼はばつが悪そうに笑った。

「俺の片想いは、子供の頃まで遡る。俺は十四年、沙織に片想いをし続けた。……どうかそれを、『気持ち悪い』と思わないでほしい」

「じゅ、十四年!? ……私が十三歳の時から？ そんな前に、私は逸流に出会っていたの？」

にわかに信じがたい告白をされ、沙織は先ほどよりも真剣に昔を思い出そうとする。

「引かない？」

けれど逸流は沙織に気持ち悪いと思われるのを恐れてか、同じ質問をしてきた。

「う、うん。引かないよ？ だって、……う、嬉しいもの……。どこで出会ったのか分からないから驚いたけど、十四年もの片想いって凄い……」

沙織から望む回答を引き出せたからか、逸流は満足気に白ワインのグラスを空けた。

「じゃあ、話そうか。俺が沙織を好きになったきっかけを」

逸流はカウチソファに脚を投げ出し、沙織を後ろからすっぽりと抱き締めたまま、ゆっくりと過去の出会いを語り出した。

＊＊

毎年恒例の行事で、十歳の逸流は軽井沢の別荘に行っていた。

当時の逸流はとても多感で、悩み多き少年であった。軽井沢に行くのも家族旅行の一環だったが、逸流は両親と過ごす時間を苦手としていた。

それもこれも、両親を〝親〟として素直に慕っていいか分からなくなったからだ。

聡明な少年とはいえ、十歳といえば生意気な事を言いつつも、まだ親に甘えたい年頃だ。それなのに逸流は素直に親に甘える理由を失い、自宅にいても居心地の悪い思いをしていた。

父は表向き温厚な人だが、逸流には「将来ＯＧの社長となるべく、立派な人間になりなさい」と口癖のように言う人だった。

逸流は誰かに強制されずとも、自ずと必要な勉強をしたり知識を得るのが苦ではない少年だった。それでも父と顔を合わせると毎回「勉強しているのか」と言われたり、稽古事の成果を尋ねられ辟易としていた。もっと他に話題はないのかと思うのだ。

今思えば、「御子柴家の一人息子なら、もっと頑張ってもらわなくては困る」という気持ちから、逸流への期待が止まらなかったのだろう。

だから当時の逸流は父が苦手だった。

自分が何をどれだけ頑張っても、父は満足しない。毎回「もっと頑張りなさい」と言って、逸流の努力を認めてくれた事はなかった。少しでも逸流が息抜きに遊ぶと、激しく叱りつけてくる。逸流の家庭教師たちまでもが怒られる始末なので、逸流はどんどん〝遊ぶ〟という事ができなくなっていった。

息抜きをするにも、チェスや将棋など頭を使う事をし、読書もいわゆる娯楽的な小説や漫画は読ませてもらえなかった。音楽もポップスやロックなどは聴かせてもらえず、バイオリンやピアノを習う傍ら、クラシックばかり聴いて過ごしていた。やりたい事は多々あれど、鬱屈とした環境で逸流の子供らしい感性は失われていった気がする。

母は病弱だが大人しく優しい人で、逸流は物心ついた時からつい最近まで、母を「守ってあげたい」と思っていた。マザコンと呼ばれるほどの感情ではないが、自分の進路に迷って一度は医者を目指しかけたほどには、母の健康を気遣っていた。

両親は金持ちの子息子女同士で、お見合い結婚をしたらしい。そのような結ばれ方にしては珍しく、二人は周囲から「おしどり夫婦」と呼ばれていた。

それでも逸流はあるきっかけより、両親が仲睦まじくしている姿を見るのが苦手になってしまった。

だから十歳の夏休みのその日も、別荘から一人で自転車に乗ってあちこち走り回っていたのだ。

夏の日差しを浴び、高原の風をビュウビュウと耳元で感じるのが逸流のストレス発散になっていた。逸流はOGの最新商品である音楽機器から伸びたイヤフォンで、ホルストの組曲『惑星』より『木星、快楽をもたらす者』を繰り返し聴いていた。

気が付けばがむしゃらに自転車を漕ぎ、目の前に小さな湖がある場所まで辿り着く。湖の桟橋にはボートが繋がれていて、静かで清涼感があり居心地の良さそうな場所だ。

軽井沢にある湖はいずれも観光地のようになっているが、高い透明度を誇るその湖に誰も訪れていないところを見ると、私有地なのだろう。

（勝手に入ったら怒られるかな）

十歳だが逸流も私有地とそうでない場所の区別はついていた。それでも無茶をしなければ「元気の余った子供がやった事」として、ある程度は許してもらえるのも分かっていた。なので気が付けば逸流は自転車を草むらに置き、桟橋に座り込んでボーッとしていた。

座っている桟橋は木陰になっていて涼しいし、風も吹いている。帽子はしっかり被っているし、水筒も持ってきている。

「はぁ……」

学校が夏休みになったのは嬉しいし、夏休み中にもぎっしり入っていた家庭教師も休暇を取ったので、本当ならこの軽井沢行きは逸流にとっても息抜きになるはずだった。

それでも料理人や運転手、護衛を除き、どこに行っても家族三人というのは堪える。「家族の絆を深めるために、別荘で楽しく過ごしましょう」という雰囲気が、逸流はどうしても苦手だった。

「……誰？」

不意に声を掛けられ、逸流は心臓が飛び出るかと思った。

イヤフォンを耳から抜き、バッと振り向いた先には中学生ほどの少女が立っている。シンプルな白いTシャツにジーンズのホットパンツ。Tシャツからうっすら透けて見えるのは、赤いビキニのようだ。スラリと伸びた脚が眩しくて、とっさに逸流は目を逸らす。少女は発育がいいのか、Tシャツの胸元がふっくら盛り上がっていたのも恥ずかしく、逸流は直視できない。

「ここ、私のお婆ちゃんちだよ」

「……すみません。すぐ出ていきます」

少女に言われ、逸流は立ち上がった。けれど躊躇いもせず間合いを詰めた少女に、トンと背中を叩かれる。

「あ、気にしたんだったらごめんね。別に追い出したい訳じゃないの。迷子になったなら大変だなって思っただけ。帰り道はちゃんと分かってる？」

少女は気さくに話し掛け、逸流が座っていた場所の隣に座った。日差しで熱された桟橋に太腿が触れ、少女は「熱いね」と屈託なく笑う。

「…………」

良くも悪くも、少女の存在は逸流にとって新鮮だった。

学校で逸流はとてもモテた。小学生であっても、逸流が通う学校にいるのは、いいところのお嬢様たちだ。彼女たちは、自分の家にとって利益のある異性を嗅ぎ取るのが上手いように思える。小学生なので打算のある恋愛をしているとは思いたくないが、生まれた家が金持ちなものだから、自然と付き合う友人や好きになる男の子も、しっかりと見定めているのだろう。

それに比べて、この少女は何の打算もない。

目の前にある湖や木立のように、ごく自然にそこにいて、逸流に何も気を遣わず座っている。

ボーッとしていたのを勘違いされたのか、少女が心配そうに逸流を覗き込んできた。

「やっぱり迷子? お祖母ちゃん呼ぼうか? 何ならお祖父ちゃんが車で送ってくれると思うよ」

「い、いえ! 自転車があれば帰れるし、スマホも持ってるから場所も分かります」

「なぁんだ、良かった。じゃあ、休憩してたの?」

「……そんな感じです」

追い出される感じではないと悟って、逸流は安堵する。

「あ、そうだ。イイモノ持ってきてあげる。ちょっとそこで待ってて！」

少女はパッと立ち上がると、建物があるとおぼしき方向に走っていった。カモシカのようにしなやかに走る姿をボーッと見送った逸流は、自分がドキドキしているのに気づく。

（年上だから見とれた？　……まさか）

自分はそんな単純にできていない、と思う。けれど逸流の脳裏には日焼けした少女の笑顔が焼き付き、彼女のみずみずしい肢体にも高学年男子らしく興味を持っていた。

やがて少女がお盆に何かを載せて戻ってきて、また逸流の隣に座った。

「はい、麦茶とバニラアイス」

「あ、ありがとうございます」

（私有地に迷い込んだ子供にも、こんなに優しくしてくれるんだ）

少女と相対していると、新鮮さにも似た謎の感動を覚える。そんな逸流の前で、少女は棒アイスについた銀色の包みを剝がし、美味そうにバニラアイスを頰張った。

「溶けるよ？」

「は、はい」

逸流も同じようにバニラアイスに口をつけ、チラッと少女を見る。

くせっ毛のロングヘアをポニーテールにした彼女は、将来とても美人になりそうな気がした。日に焼けていて、ホットパンツから出た脚で無造作に胡座《あぐら》を掻いている。ブレザーかセーラーか分からないけれど、制服を着て学校に通ったらさぞモテるのではと思った。

（……なんだ、これ）

胸の奥がモヤッとする。逸流の心の中で、このまま彼女に優しくしてもらい、彼女を独占したい気持ちが強まった。

その時、少女がチラッと逸流の手元を見て、おずおずと尋ねてきた。

「手、痛そうだけど大丈夫？」

「あっ……」

言われて、逸流は思わず手を隠そうとする。

その頃の逸流は、とある事情により潔癖症が出て手を荒れさせていた。カサカサになってあかぎれができ、子供の健康的な肌とは言えない。

「気持ち悪い……ですか？」

本能的に、この少女に嫌われたら、世界が終わるような気がした。

血の気を引かせて尋ねた逸流に、少女は「ううん」と首を振る。

「うちのお母さんも皮膚が弱いの。だから皮膚が弱い人の気持ちは分かるつもりだよ。君の場合、お母さんほどじゃないから、ちゃんと皮膚科に行ってハンドクリームでケアしていたら、治るんじゃないかな？　私、ハンドクリームいつも持ち歩いているから、後でつけてあげる」

逸流の手の事をこんな風にポジティブに言ってくれた人はおらず、逸流は呆然とした。

その手に、溶けたアイスクリームがポタリと落ちる。

「ほら、溶けるよ」

少女は逸流の手元を見て、何の躊躇いもなく触れてきた。アイスクリームが垂れた所をペロリと舐め、悪戯っぽく笑う。

「ね、大丈夫。気持ち悪くなんかないよ。自分の事をそんな風に思ったら駄目」

「………っ」

その時、全身を駆け巡った言いようのない感覚を、どう表現したらいいだろう。

恥部と思っていた手を、アイスクリームで冷えた少女の舌が舐めてくれた。冷たくて、滑らかな舌の感触を、どうしてか忘れる事ができない。

秘めるべき欲望が、「もう一度舐めてほしい」とすら叫んでいた。

その衝動をグッと堪え、逸流は少女に名前を尋ねる。

「お姉さん、名前は何て言うんですか?」

「私は七瀬沙織。ここはお婆ちゃんの別荘だから表札の名前は違うけどね。うちの親はお婆ちゃんたちとあんまり仲が良くなくて、毎年私だけここに来てるの。君は?」

「俺は……逸流」

「みつる？　みつるくんも近くに住んでるの？　あ、観光？」

沙織は逸流の名前を聞き間違えたが、逸流は「まぁいいや」と思った。よく間違えられる名前だし、今は沙織と楽しく会話をする方を優先させたい。

「家族で別荘に来てます」

「ふぅん？　近く？」

尋ねられて別荘がある地名を答えると、「ちょっと離れてるね」と沙織が笑う。

「私ね、お婆ちゃんたちとお母さんたちにはうまくいってほしいんだけど、なかなかそうはいかないみたい。大人って面倒臭いね。カケオチしたのが悪かったみたいだけど、カケオチってそんなに悪い事なのかな？」

沙織はいきなり自身の家庭の話をし始め、物憂げに長い睫毛を伏せる。

(駆け落ちか……。だったら不仲でも頷けるな)

大人の確執で、被害を被るのはいつも子供だ。離婚すれば子供は両親が大好きであっても、どちらかの親から引き離される。沙織のように母と祖母に確執があれば、孫は家族で祖父母の所に遊びに行けないという不満を持つ。

沙織がすぐに麦茶やアイスを持ってこられたところから、祖父母との仲はいいのだろう。

それでも沙織はここで退屈をしていて、初対面の逸流に愚痴を吐くぐらいにはストレスを抱えている。

「お婆さんと沙織さんのお母さんは、仲が悪いんですか？」

「うーん、仲が悪いっていうか……。面倒臭いお家騒動かな？」

大人びた、分かっているような口調で言い、沙織は肩をすくめる。

「私のお母さんって、もとはお嬢様なんだって。お爺ちゃんとお婆ちゃんはよく分からないけど、社長さんと社長夫人みたい。でもお母さんは反発して家を出て、私のお父さんと結婚したの。それがカケオチっていうの。でもね、お父さんもお母さんもいい人だよ？家はちょっと貧乏だけど、私、親のこと大好きだもの」

沙織はそう言ってバニラアイスの棒を丁寧に舐め、銀紙もきちんと畳む。

「私ね、将来お母さんに高級な化粧品を沢山プレゼントしてあげるんだ。お母さん、肌が強くなくてあまりお化粧ができないの。でも高級な化粧品ってきっと肌にいい物もあると思う。そのために今は貧乏でも私が沢山働くの」

沙織は意気込んで言い、自身の夢を語る。

「お祖母さんたちに、援助してもらわないんですか？仲が良くなくても、間に沙織さんが入ればお祖母さんたちも、多少言う事を聞いてくれそうですが」

「うーん……。それ、私も一回言っちゃった事があるの。『こんなに貧乏なら、お金持ちのお婆ちゃんにお金借りたらいいじゃない』って」

その時の事を思い出したのか、沙織の目に後悔が浮かび上がる。

「そしたらお母さん、泣いちゃって……。『貧乏でごめんね』って何回も謝らせちゃったの。お母さんは『それでも私はお父さんが好きだから、お祖母ちゃんには会いたくないの』って言って……。ずっと昔、結婚するってお祖母ちゃんに言った時、散々反対されてお父さんの悪口を言われたんだって。その時に『もう二度と会いたくない』って言って家を出て……それっきりみたい。だから私も、お母さんをこれ以上困らせたくないの」

随分な修羅場があったようで、逸流は沙織の家庭に同情する。

「それにしても、沙織さんだけよくここに来られていますね？」

我ながら随分突っ込んだ事を聞いてしまっているが、沙織は特に気にしていないようだ。

「友達が『休みになったら田舎のお祖母ちゃんの家に行く』っていうの、ずっと羨ましく思っていたの。私の家は千葉県にあるんだけど、父方のお祖父ちゃんの家は同じ県内にあってよく行くんだ。でも小さい時『どうしても母方のお祖母ちゃんに会いたい』って駄々をこねたら、渋々だったけど軽井沢に行くのを許してくれたの。お母さんもお祖母ちゃんも、お互いの事を気にしながら、話題にしないの。意地っ張りで呆れちゃう。でもお祖母ちゃんたちは親切にしてくれるし、お母さんの事も、本当は好きなんじゃないかなって思う」

沙織の母と祖母に葛藤がありながらも、彼女はこうして軽井沢でのびのびと長期休みを堪能している。

事情のある家庭だが、裏側にはきちんと理解のできる〝情〟があって逸流は羨んだ。両親を理解できなくて苦しんでいる逸流だからこそ、沙織の家庭を温かく感じられた。グラスに水滴がついた麦茶を飲んで、逸流はぼんやり考える。

(祖父母が経営者なら、うちの両親も強く反対しないだろうな)

逸流の思考は、自然に沙織と付き合う事を考えていた。

唐突な考えだが、逸流はこの短時間を沙織と過ごして、とても心地いい思いをしていた。沙織は学校の女子のように自分に媚びてこないし、話しやすい。

同時に沙織より背が高くなったら、彼女に頼られたいなという気持ちも芽生えていた。気に入ったものを側に置きたいと思うのは、生まれてこのかたそう生きてきた逸流の習性かもしれない。

加えて潔癖症のある逸流だが、沙織に触れられても不思議と何の不愉快さも感じなかった。その心地よさが逸流の本能に「手放してはいけない」と訴えていた気がする。

「大人って面倒ですよね。厳密には沙織さんの環境とは違いますが、僕もちょっと親とギクシャクしているので分かる気がします」

「みつるくんも？　ね、大人って面倒だよね」

コクコクッと麦茶を飲んでしまってから、沙織は立ち上がってポイポイとTシャツとホットパンツを脱いでしまった。

「さっ、沙織さん⁉」

動揺して真っ赤になった逸流の前で、沙織はしなやかなビキニ姿を晒している。

「なに照れてるの？　私、もともとここで泳ごうと思って出てきたんだよ。中学校でプール授業があるんだけど、スイミングスクールに通えないから自主練してるの」

ビーチサンダルを履いたまま、沙織はザブンッと湖の中に飛び込んだ。

「冷たぁい！」

透明な飛沫を散らし、日差しを浴びてキラキラと輝く沙織に逸流は見とれた。

——あぁ。

——何となく気に入ってると感じていたけど、やっぱりこの人がいい。

——この汚れのない綺麗な人に、一生側にいてほしい。

沙織を凝視したまま、逸流は胸の奥に確固たる思いを秘めた。

（どうやって近付けばいい？　千葉に住んでいるのは分かった。どこの学校に通っているのか、どう調べていったらいい？　彼女の祖父母にも挨拶しておいた方がいいだろうし）

頭の中で、十歳の少年と思えぬ算段が凄まじい勢いで繰り広げられていく。

当時の逸流は、もう株を覚えていた。

祖父に「将来金に困らない人間になりたい」と言えば、「有望だ」と笑って株のノウハウを叩き込んでくれたのだ。

逸流の口座には、大人顔負けの貯金がある。

株の元手にした金は、逸流のお年玉や貯めてあった小遣いなどだ。

お年玉に札束をもらう逸流は、株をしなくても十分な金を持っていた。だがそれでも、世界のニュースを見ているうちに「日本の中で満足していてはいけない」と思ったのだ。

世界に通用する男になって実家の会社を継ぐには、まず金を持っていて社員に信用される学歴も必要だと逸流は考えた。

望む姿のために現在学校外でも勉強を頑張っている訳だが、今まで目を向けなかったもう一つ〝必要なもの〟をいま理解した気がした。

（完璧な奥さんだ。沙織さんに好きになってもらって、何の汚れも知らない綺麗な彼女と、愛し合って周りから羨ましがられる夫婦になりたい）

理想の夫婦像を思い描き——両親の事を思い出して、逸流はじわ……と手を蠢かせる。

自分の手が堪らなく汚く思え、懸命にどこかに擦りつけ、または手を洗いたくなった。

汗ばんだ掌を短パンに押しつけ、逸流は嫌な思い出を振り切ろうとする。

「みつるくん、おいでよ！」

そのとき沙織に呼ばれ、気が付くと逸流は沙織に足を引っ張られて湖の中に落ちていた。

ザバンッと派手な水音がし、全身が冷たい水に包まれる。

「っぷあ！」

慌てて水面に顔を出すと、沙織が軽やかに笑っていた。

「ごめんね！　でも何か深刻そうな顔してるから。暑いし、色々考えていると気が滅入っちゃうよ。そういう時はパーッと遊ぶに限るの。大丈夫、うちに来てくれたらバスタオルとかドライヤーとか使えるし、私のジャージも貸してあげる」

沙織の屈託のない笑顔を見ていると、逸流の心の奥底に凝《こご》っていたものが柔らかく溶けていくような気がした。

むしろ突き抜けるような爽快感があり、腹の底から笑いがこみ上げてくる。

世界はこんなにも美しいのか、と思い、降り注ぐ夏の日差しも、入道雲の白さも、空の青さも、とても愛しくて堪らなくなった。

濡れたTシャツを脱いで桟橋に放り投げると、逸流は沙織と水を掛け合ったり、場所を決めて競泳をしたりして思い切り遊んだ。

軽井沢にいるあいだ、逸流は沙織の所に通い詰め、すっかり彼女と打ち解けた。

彼女の祖父母にも顔と名前を覚えられ、食事を一緒にとる仲にもなる。

沙織は両手で逸流の手を包み、花の香りがするハンドクリームを、丁寧に塗り込んでくれた。逸流にとってその時間は、何にも代えがたい至福の時となる。

汗を掻いた沙織がシャワーを浴びている間に、逸流は彼女の祖父母にさりげなく尋ねられた。

「みつるくんはどこの家の子なの？　毎日来てるけど、ご両親は心配してないの？」

「ご迷惑でしたか？」

やはり図々しかっただろうか、と心配になると、祖母が「違うのよ」と首を振る。

「軽井沢に来ていて別荘持ちっていう事は、ご両親も立派な方なんじゃないかしら？　ご子息が毎日お供も連れずに遊びに出て、心配していないかしら？　って気になったの」

そこで逸流は、「自分をこの二人に売り込むなら、今かもしれない」と思った。

「……僕はみつるっていう名前じゃないんです。御子柴逸流と言います」

御子柴の名前が出て、祖父母はハッと顔を見合わせた。

「きっといま頭に思い浮かんだ企業で合っていると思います。……でもこの事は、沙織さんには内緒にしておいてください。僕はこの夏の間、沙織さんと一緒に普通の子供として遊びたいので」

「……分かった。そう受け取っておこう」

沙織の祖父が頷く。

「でも僕は、将来沙織さんとお付き合いしたいと思っています。沙織さんとの将来を勝手ながら考えています」

思い切って告白をすると、さすがに二人は息を呑んだ。

沙織の祖父母は朝比奈《あさひな》という苗字で、電子メーカーの中堅企業の経営者だ。御子柴や他の大企業に比べると影は薄いが、安定した品質と大企業ブランドに比べて安価な点でユーザーに人気がある。

（お二人にとって、僕と沙織さんが結ばれるのは都合がいいんじゃないですか？）

心の中で大人顔負けの台詞を呟き、逸流はにっこり笑ってみせる。

「けど、今すぐ婚約したいとかじゃありません。僕はまだ子供です。沙織さんも好きな人がいるかもしれないし、彼女の環境を無理やり変えるのは僕の本意ではありません。お互い成長して大人になって、偶然出会って惹かれ合えたら……と思っています。その時は応援してくださいますか？」

スラスラと子供らしからぬ台詞を言う逸流に、朝比奈夫妻は最初こそ驚いていたものの、やがて和んだように笑い出した。

「いやぁ、御子柴さんのところの御曹司はとても優秀だと伺っていたが、これほどまでとは」

「そうね。本当に将来有望だわ」

二人は御子柴の名前を聞いて一度は警戒したものの、逸流の〝計画〟を知って逆に安心したようだ。

「逸流くん、そこまで沙織の事を考えてくれてありがとう。逸流くんが言う通り、沙織は一般家庭の育ちだし、急に大企業の御曹司と婚約を……と言っても逆に嫌がる可能性が高いわ。今は遠くから見守って、大人になってからさりげなくアプローチしてくれたら助かるわね。その頃には沙織も自分の好きな人を、自分で決められるだろうし」

「それに、逸流くんの申し出はありがたいが、もし君の方に立派な縁談が来たのなら、この口約束にこだわらなくていいからね？」

やんわりと朝比奈夫妻に言われ、逸流は「はい」と物わかりよく頷いた。

「遠くから見守るのはいいんですね？　決して沙織さんに接触させないと誓いますから、見守る人間をつけてもいいでしょうか？」

言質を取った逸流は護衛もしくは監視をつけたいと申し出たが、朝比奈夫妻も逸流が子供なのでそれほど警戒していないようだ。

「ふふ、逸流くんは本当に沙織を気に入ってくれたのね。ありがとう。あの子の学生生活を邪魔しないなら、見守ってくれるのはありがたいわ」

「こちらこそ、ありがとうございます」

天使のように無垢な笑みを浮かべつつ、逸流は自分の計画が動き出した事にほくそ笑んでいた。

これで沙織側で一番権力を持つ朝比奈夫婦公認で、彼女を見守る事ができるのだ。

沙織の安全を確認し、どこでどのように過ごしているか、自分は直接動かずとも報告を聞ける。

初めて心から欲しいと思ったものを手に入れるための画策ができて、逸流はご満悦だった。


その後、夏休みの終わりに近付き、どちらからともなく軽井沢を後にした。

沙織はいつまた会えるかも分からない少年に「またね」と言って手を振り、「タイミングが合ったらまた来年の夏も会えるかもね」と逸流に期待を持たせる。

二人は翌年も会ったが、沙織が高校に進学すると同時に彼女は軽井沢へ来なくなった。

逸流は人を雇って沙織の様子を見守り、彼女がアルバイトで忙しいらしいと知る。どうやら進学するための勉強と、大学進学のためのアルバイトで余裕がないらしい。

軽井沢で会えるのが唯一の希望だったが、それも叶わない。

会えないのは仕方がないが、このまま沙織の中で逸流との思い出が風化していくのも、どこか寂しい気がした。

＊＊

「逸流があの軽井沢の子だったの？　みつるって……。やだ、私ずっと聞き間違えをしてたんだ。恥ずかしい」

現在、沙織は自分を抱いている夫を見て、中学生の頃の記憶を思い出していた。

そういえばあの頃は、毎年夏に祖父母の別荘に行っていて、男の子と遊んだ記憶がある。まさかあの時の大人しい少年が逸流だとは思わなかった。

「ご、ごめんね？　水に落としたりして」

「別に構わないよ。俺もあの時沙織に会えて、本当に救われたんだ」

逸流が本当に嬉しそうに言う言葉の意味は分からない。それでも子供の頃に逸流と出会っていたというのが運命的で、沙織は嬉しくなった。

「それにしても沙織、昔は割と活発な方だった？」

逆に尋ねられ、沙織は中学生当時を思い出す。

「うーん……確かにそうだったかも。勉強していい会社にいかなきゃって思っていた反面、体を動かす事になったら全力で走り回るような子供だったかな。こう言ったら少し恥ずかしいけど、高校時代にいじめられていたの。あからさまないじめはされなかったけど、仲間はずれにされていたかな。それで性格が大分変わってしまったと思う」

「失礼だが、原因は？」

「……友達に当時まだ皮膚病の酷かった母を見られて、心ない事を言われたの。それが悔しくて強く言い返して喧嘩になった。その友達がクラスで割と発言力のあった子だったから、自然と……」

「そうか。一つだけ言っておくけど、沙織は何一つ悪くない。大切な母親の病気を馬鹿にされて、普通なら怒らない方がおかしい。沙織は正しい反応をしたんだよ」

沙織の背中を優しく撫で、逸流は慰めてくれる。

「ありがとう……」

その言葉だけで、当時の自分が救われる気がした。

ふと当時の事を思い出し、いつまで逸流は軽井沢にいたのだろう？　と沙織は思う。

「私、中学生の時までは軽井沢に行けていたんだけど、高校生になってからバイトとかで忙しくなって行けなくなったの。丁度母の病気が悪化した頃で……。ごめんね？　もしかして待っていてくれた？」

「期待していたと言えば期待していたけど、忙しいのは何となく分かっていた。あの時、沙織のお祖父さんとお祖母さんと仲良くなって、こっそりやり取りをしていたんだ」

「本当に⁉」

祖父母からはそのように聞いていなかったので、初耳だ。

因みに祖父母と母は、沙織の結婚を前に和解してくれた。逸流が間に入ってとりなしてくれ、ぎこちないながらも祖父母と母は二十七年ぶりに交流を始めている。

その事について、沙織は逸流に深く感謝していた。

「じゃあ……今回の結婚の事、何か言われた？」

「おめでとうと言われたよ」

過去に出会っていた事は話しても、逸流は自分が陰ながら沙織にずっと執着していた事は打ち明けなかった。

「俺にはまだ、沙織に言っていなかった事があるんだ。それも聞いてくれるか？」

「もちろん」

逸流に優しく抱き締められたまま、沙織は彼の唇から放たれる過去の物語に耳を傾けた。

＊＊

逸流が沙織に再会したのは、彼女が就職活動をしている時期だ。

その時は、本当に彼女と対面して言葉を交わした。

逸流は当時高校を卒業し、留学したての十八歳だった。フィンチェスターで自分と同等、またはもっとレベルの高い人に囲まれ、毎日が新鮮で楽しい日々を送っていた。

大学デビューというのか、その当時はつい向こうのノリで髪を金髪に染めていた時期でもある。相変わらず潔癖症ではあったが、ハンドクリームをマメに塗る習慣がつき、皮膚科にも通った事が効いて手は綺麗だ。

逸流は十五歳の時に母を亡くし、五月に一時帰国したその日は、母の命日だった。

一時帰国と言っても逸流にはフィンチェスターでの学業があるので、墓参りを終えてそれほど長居をせず、またイギリスに戻るつもりだった。

墓参りを終えた次の日に赤坂の家の自室を整理していると、家に父の秘書である角谷がやってきた。

「どうしたんだ?」

「ああ、逸流さん。ご在宅なのにすみません。社長から忘れ物を取ってくるように仰せつかりまして」

角谷という男性秘書は、高身長で顔も整っており、いかにもモテそうな雰囲気を発していた。だが逸流は彼にどことなく信頼しきれない〝何か〟も感じていた。

「俺も一緒に会社を見学に行っていいだろうか? 将来自分が入る本社を少し見学したい。明日イギリスに戻る予定だが、時間を無駄にしたくないんだ」

「承知致しました。ご準備ができ次第、車でお送り致します」

「帰りは勝手に帰るから、そこは気を遣わなくていい」

「畏れ入ります」

(この男も、粗を探せば何か出てきそうだな)

慣れた様子で稔の書斎に向かう角谷を見て、逸流は何となく直感する。

だが今は必要ない。必要性を感じた時は、自分の秘書になるかもしれない相手を利用してもいいと思う冷酷な面も、当時の逸流には形成されていた。

角谷が運転する車に乗ってOG本社ビルに向かうと、逸流はサングラスを掛けたまま受付で来客用のIDカードを発行してもらった。

金髪にしている事を特に何とも思っていないが、日本の会社で浮いてしまうのは自覚している。自分の顔立ちも女性に騒がれる部類なのは分かっており、逸流は目立たないように巡回してから、サッと帰ろうと思っていた。

「一応、社長には逸流さんがいらっしゃっている事をご連絡しておきますね」

「すまない。手を煩わせるつもりはないから、気にしなくていいとも伝えてくれ」

一階にある受付前で角谷と別れたあと、逸流は社内をどう見学するか考え始める。

時刻は昼前で、三階まで吹き抜けになっているホールには人の気配もあった。

と、エレベーターホールにゴンドラが着いたらしく、そこから就職活動をしているとおぼしき団体がゾロゾロと出てきた。

(そうか、そんな時期か)

逸流はホールの観葉植物の陰に立ち、目立たないように顔を俯け、スマホをチェックしているふりをしてやり過ごそうとする。

「！」

だが就活生の中に思いも寄らない顔を見つけ、心臓が止まったかと思った。

長い髪の毛を後頭部で纏め、濃紺のスーツ姿で歩いているのは沙織だ。

記憶にある中学生の姿よりずっと成長しているが、間違いない。この九年間、逸流は護衛兼監視に絶えず沙織の写真を送ってもらっているので、彼女の現在の姿を知っている。

それがストーカー行為であると本心では分かっていた。だが彼女の祖父母の了解もあった手前、逸流は自分の行動を「護衛だ」と心の中で正当化していた。

(沙織さん……)

フラ……と足が前に出て、目の前を素通りした沙織を追う。

他の就活生は大企業の玄関ホールに似合わない金髪サングラスの逸流をチラッと気にしていたが、沙織は手に持っている用紙に目をやり、彼に気づいていない様子だった。

(うちの会社を受けていたのか。そうだった)

逸流は自分が今まで沙織が属する場所に、秘密裏に働きかけていたのを思い出す。

彼女は教師に言われて大企業の秘書になる進路を目指し、大学の学生課でもOGに就職するのがいいのではないかと言われていた。

このまま沙織がOGに入社すれば、大企業の秘書を目指していた彼女は、いずれ自分の秘書になるだろう。

その喜びを思い出し、目の前にパァッと光の道ができたかのように感じた。

自分の前に約束された輝かしい未来が見える。

(会社の見学なんて、どうでもいい。父に頼んで彼女を何としてでも採用させないと)

いずれ逸流はフィンチェスターを卒業したあと、すぐに帰国して副社長兼COOの座に納まる予定だ。そうなったあと、多少の我が儘を言ってでも沙織を自分の秘書にし、距離を縮めていこうと思った。

副社長と秘書という距離から個人で食事に行く仲になり、やがて告白をして結婚を考えた付き合いをする。それから自分たちが昔に出会っていた事を話そう。

逸流の心の中で、歓喜の花が次々に咲き乱れているかのような幻想を味わう。

「今日はもう帰る。用事を思い出した」

受付にそう言ってIDカードを戻し、逸流は就活生の集団から距離を取り、密かに沙織を尾行し始めた。

五月になり日差しが強くなってきたため、逸流は家を出る時にキャップを被って来ていた。腰に挟んでいたそれを目深に被り、逸流は我ながら怪しいと思いつつも沙織の後ろ姿を見つめる。

現在の沙織の住所はもちろん知っている。

だが今ばかりは、東京の街で生活している沙織の姿を目に焼き付けたかった。

ＯＧ本社ビルは品川にある。沙織は外回りの山手線に乗り代々木駅で乗り換え、高円寺駅で降りた。

そして彼女は徒歩十分ほどの築年数の経っていそうなアパートに入る。逸流は少し離れた場所で、沙織が帰宅したドアを凝視していた。

この九年、我慢して接触を控え、いつきっかけを摑もうかと考えていた。

自分が大学を卒業して帰国したあと、御曹司の副社長就任でパーティーが開かれる事は予想していた。そのどさくさに紛れ、朝比奈夫婦を招待して孫の沙織も……というのが一番妥当な再会の仕方のような気がしていた。

だが運命は思うようになど転がらない。

（今、俺と沙織の人生は交差し始めたんだ）

浮き立つような気持ちを抱え、逸流は来た道を戻り赤坂の自宅に帰った。

自宅に帰った逸流は、高揚感から防音の利いた音楽室に入り、自分のバイオリンを手に取った。

子供の頃から、気持ちを鎮める時、考え事をする時はバイオリンやピアノを演奏する癖がある。

弓を構えた彼は今日見たばかりの沙織を思い浮かべ、スッと弦に滑らせた。

バッハ『無伴奏バイオリンのためのパルティータ第三番よりプレリュード』。

頭の中には軽井沢での夏が蘇り、時計の秒針が時を刻むように弓が動く。

正確に、何度も繰り返し弓が弦の上を行き来し、煌めく音が音楽室を満たしてゆく。

朝比奈夫妻もクラシック音楽好きで、沙織と一緒によく好きな曲や演奏家の話もしていた。軽井沢のあの別荘には交響曲やソロ、またはカルテットが絶えず流れ、穏やかで平和な時間をもたらしてくれていた。

あの聖域にいる限り、逸流の荒んでいた心は癒されていたのだ。

まな裏に沙織の笑顔を思い浮かべ、今日見つけた二十一歳の彼女に重ねる。

――あぁ、やっと手に入れられるんだ。

うっとりと微笑んだ逸流は指で弦を押さえ、沙織の体を奏でる幻想を抱いて弓を持った右手を動かす。

十八歳になった逸流は、もうすでに沙織に対する肉欲を抱いていた。

言ってしまえば、会社で彼女を見たあの時点で下腹部に疼きを覚えたのだ。

少し物憂げに伏せられた睫毛に、顔に少しかかった後れ毛。纏められてある髪は一生懸命ヘアアイロンでまっすぐにしてあったが、昔通り癖毛なのだろう。

すんなりとしたうなじから華奢な肩のラインを見ると、思わず守りたいと思う。そのくせ胸元には押さえきれていないボリュームがあり、目が釘付けになった。

胸元の豊かさに反して腰はキュッと締まっており、艶めかしい臀部はむっちりとしている。スカートの下の太腿は分からないが、きっと逸流を魅了するに相応しいスラリとした脚をしているのだろう。ふくらはぎから下も、程よい筋肉がついた健康的な脚をしていた。

報告にある以上に、現実の沙織は美しく成長していた。

(どうしてもっと早く見に行かなかったんだ)

逸流は自身の中で荒れ狂う熱を、弓を動かす事で発散させる。

バイオリンを高く伸びやかに歌わせ、その歓喜と陶酔の中に沙織への想いを込めた。

現在と、軽井沢での過去。

その二つの世界を行き来するかのような音色は、逸流の心を甘やかに惑乱させる。今と昔、大人と子供、今の二人と昔の二人。相反するものに想いを馳せては、時空を切り裂くかのようなリズムとメロディーに歓びを託す。

(分かっている。会いに行けば俺は歯止めが利かなくなる。昔の事を覚えていないだろう沙織さんを困らせたくない。彼女がいま苦学生として生活していても、俺がいきなり現れて手を差し伸べれば、沙織さんを無駄に困らせ警戒させるだけだ)

落ち着け、落ち着け、と逸流は自身に言い聞かせる。

(焦るな。捕食者は獲物を確実に捕らえられるタイミングを待てる。そして捕らえた獲物を決して逃がさず、魅了して自分に夢中にさせる。それから最高の調理をして飾り立て、

美味しく食べるんだ）

逸流の頭の中で、これから自分が取るべき行動がバイオリンのメロディーに乗って素早く、正確に思い浮かぶ。分岐点を幾つも考え、そのたびに失敗した場合の回避方法も考慮し、沙織とハッピーエンドを迎えるための手立てを何十通りも考えた。

自分の唇が、それは楽しそうに弧を描いていたなど逸流は自覚していない。

最後に天国に昇るかのようにバイオリンを歌わせ、ラストの一音を綺麗に啼かせて弓を下ろす。

「……沙織さん、俺の妻になってくれ」

晴れ晴れとした笑顔で呟いた逸流は、もう自分の幸福を信じて疑わなかった。

「父さん、頼みがあるんです」

その日帰宅した稔に、逸流は珍しく自分から話し掛けた。

反抗期も過ぎ去って久しいが、逸流は依然として父の事をよく思っていなかった。

家にいても親子の会話はほとんどなく、かといって険悪という訳でもない。互いに空気に似た感じで、関わらないで済むならそうしようという関係だ。

稔もまた、自分をさりげなく避けている逸流の気持ちを察しているのかもしれない。

「珍しいな。欲しい車でもできたか？」

逸流はすでに国際免許を持っており、この赤坂の屋敷にも逸流の車が数台ある。自分で買ってカスタムした物は気に入って乗っているが、稔から買い与えられた物にほとんど興味を持っていなかった。

「いや、そうじゃないんです。今日、会社の新入社員の面接があったと思いますが、気に掛けてほしい人がいるんです」

「ほう？　逸流の友人か？　それにしては私のところに何の連絡もないが」

稔は逸流の学友がコネを使ってＯＧに入社したいというなら、まず学友の親から自分のところに連絡が来るのが筋だと思っているのだ。

（軽井沢での事は伏せておこう）

好ましく思っていない父親に、自分の心の聖域を打ち明ける事はしたくなかった。なので逸流は事実を少しぼかして沙織の事を説明する。

「七瀬沙織さんという女性が、きっと秘書志望で面接を受けていると思います。とても優秀な人なので、個人的に将来性を買って目をつけているんです」

「女性か」

ウィスキーをグラスに注ぎ、稔は脚を組む。

稔が特に茶化すような事を言わなかったのは、幸いだったのかもしれない。そもそも、逸流もそのように匂わせなかったが。

「……いいだろう。人事に伝えておく」

「……お願いします」

稔は逸流に父親らしい事ができたと、満足気に微笑んでいる。

だが逸流は逆に稔に借りができた気分だ。

現在の逸流はあくまで学生であり、会社の事に口を出せる立場ではない。

こんな時、沙織より年下なのは堪らなく苦痛だ。

今まで逸流は稔に息子として甘えるような行動を見せなかったため、今回の〝お願い〟は余計に稔の中でも印象付いたようだった。

「合否結果はいつ頃なんですか？」

逸流に言われ、稔はスマホに手を伸ばす。

「少し待ってくれ。担当に確認する」

メッセージアプリで誰かに連絡を入れ、間もなく返事がきたようだ。

「二週間ほどらしい。印象に残って絶対採用が決まっている人材はすぐに連絡をするが、残りは十分吟味したあとに順次連絡を入れていくようだ」

企業の中には社長自ら面接官として同席する会社もあるが、ＯＧの場合……というより、稔はそうしないようだ。

（もし俺が社長なら、自分の会社に入る人間はこの目で見ておきたいけどな）

心の中で呟き、逸流は日本に留まる日程を延ばす事を決めた。

その夜、逸流は耐えきれず自慰をしてしまった。

脳裏に焼き付いた沙織の姿を思い浮かべ、八年間堪え続けていた欲求を妄想の中の彼女にぶつける。

妄想の中で逸流は沙織と昇天してしまいそうなぐらい、気持ちのいいキスをしていた。

彼女の白い肌に顔を埋め、舐め回し、つま先まで口に含み味わい尽くす。

嗅いだだけで勃起してしまうに違いない甘美な体臭を吸い込み、絹糸のように滑らかな髪を何度も手で梳いた。

服の上からでも分かるが、沙織の胸はとても大きい。きっと真っ白で柔らかく、先端は男を知らず可愛らしい色と形をしているのだ。

彼女に今まで彼氏がいなかった事も、逸流は知っている。

沙織は贔屓なしに美しい部類で、もちろん学生生活の中でも男子に気にされているようだった。だが沙織に近付こうとする男が現れると、雇った者に「怖い目に遭いたくなかったら七瀬さんには近付かない方がいい」と脅してもらっていた。

沙織の初めては、すべて逸流がもらい受けなければいけない。

付き合うのも、デートもキスも、セックスも、何もかもだ。

あの夏と変わらない無垢な沙織は、すべての過去を知ったあと、逸流に微笑みかけ「また会えたね」と言ってくれるだろう。そして惜しみない愛情を注いでくれる。沙織の腕に抱かれた時だけ、逸流はあの夏のようにすべてを忘れて清らかでいられる。

そんな処女神《アルテミス》のような沙織を抱き締め、愛を囁いていいのは逸流だけだ。

「……っ、沙織、さ……っ」

童貞の妄想を滾らせ、逸流は自室のベッドで一心不乱に手を動かす。

脳内で美しい沙織を滅茶苦茶に愛し、共に歓喜の高みを味わう。

「っあぁ……」

気だるげに呻き、逸流は避妊具の先端を真っ白に塗り潰した。

いつになく大量に出た精液を見て、呼吸を整えつつ沙織を想う。

――あの人を抱きたい。

――あの人を俺のものにしたい。

迸る欲望が、十八歳の青年の中で荒れ狂っている。

「……もう少し我慢したら、本当に彼女を抱けるんだ」

呟いて自分を落ち着かせ、逸流は役目を終えた避妊具を処理した。


それから二週間、逸流は悶々として過ごした。

沙織の家への行き方は先日の尾行でしっかり覚えた。だがここで本物のストーカーになってしまってもいいのだろうか？　と今さらながら逸流の中の理性が訴えかけた。

逸流は十歳の頃から、沙織への想いの並々ならぬ強さを自覚している。

あの時沙織に出会って「この人しかいない」と思ったからこそ、逸流はこの歳になるまで誰とも付き合っていなかった。

もちろん当たり前にモテるし、付き合い程度でデートをした事はある。

だが誰も彼も逸流の顔や外見、そして何より御子柴というブランドしか見ていない。

そういう女性には小学生当時から辟易としていたので、上手に躱す能力ばかりが高くなっていた。

同性の友人には「ずっと想っている人がいる」と言い続け、友人も「逸流の想い人を見てみたい」と言ってくる。

だが一方的に見守っている以上、沙織の事を紹介できるはずもなかった。

結果的に逸流が話を誤魔化しているうちに、彼にまつわる噂がどんどん広がっていく。

「御子柴の恋人は外国にいるから、簡単に紹介できないんだ」

「御子柴はもうすでに婚約していて、相手がかなり大物の娘だから、婚約発表をするまで表沙汰にできない」

「御子柴に恋人がいるというのは嘘で、本当は女よけのための方便」

「御子柴は実は男好きで、そのカモフラージュで嘘を言っている」

まぁ、よくもこんなに妄想を働かせられるものだと呆れるほど、逸流の噂は尾鰭背鰭をつけて自由に泳いでいった。

そんな逸流が普段赴かないエリアにいて、女性を見ていたと万が一誰かに知られたら、沙織にも迷惑を掛ける。

ちょっと足を向ければ彼女に会える現実は、今まで感じた事のない強い誘惑となる。だが理性を総動員させ、逸流は衝動を必死に堪えた。

おまけにここで逸流がストーカーとして沙織に認識されてしまえば、彼女と正面切って再会できてもバッドエンドにしかならない。

自分の完璧な未来のためには、逸流はどれだけでも我慢ができる性格だった。

＊＊

逸流が次に沙織を見たのは、合否判定が出た頃だ。

彼女は就活生姿のまま、ぼんやりと本社ビル近くを歩いている。逸流はこのところ監視役と密に連絡を取っており、沙織の行動パターンをすっかり把握していた。

沙織は勤勉な学生で、大学三年生の終わりには必要な単位をほぼ取っていたようだ。

四年生の現在、週に数日一、二コマの講義を受け、卒論の準備を進めているという。

だがその卒論も雇った者が大学教授に聞いたところ、ほぼ完成しているようだ。

彼女が就職活動をしているのも、どうやら大手企業がメインらしい。中小企業の説明会にも行っているらしいが、沙織の大本命はOGだ。

周囲を人々が足早に通り過ぎていくなか、沙織はぼんやりとOGの巨大なビルを眺めている。

(話し掛けるなら……今か?)

何を根拠にそう思ったのか分からない。

だが逸流は自分の衝動に流されたまま、迷いなく沙織に近付き声を掛けていた。

「あの」

「えっ?　……はい?」

振り向いた沙織は驚いた顔をする。いきなり金髪でサングラスを掛けた背の高い男に声を掛けられたなら、妥当な反応だろう。

「何かお困りですか?」

「い、いえ……」

戸惑ってその場を離れようとした沙織は、些か顔色が悪そうに見えた。

思わず逸流は沙織の手首を摑み、引き留める。

あの軽井沢の日以来沙織に触れ、逸流の心臓がドクンッと跳ね上がった。全身の血が沸騰しそうに熱くなり、体温が上がる。手も震えてしまったが、逸流は努めて平静を装った。

「失礼。顔色が悪いみたいですが、大丈夫ですか？　見たところ就職活動で忙しそうですし、多忙で体調を崩してるのでは？　何か悩みがあるなら、聞きますよ？」

「え、で、でも……」

「怪しいと思ってるでしょう。ナンパ……と言ったらナンパかもしれませんけど、何かの勧誘ではありません。それはご安心を。ただ本当に、お姉さんの顔色が悪いから心配しているんです。外に立っていると暑いですし、倒れますよ？　大事な体なんですから」

最後にスルッとそんな言葉が漏れ、逸流は内心「しまった」と思った。

自分が彼女に並々ならぬ心配をしているのが、漏れ出てしまった。

だが沙織は「大事な体」という言葉は気にせず、むしろ前半を聞いて我に返ったようだ。

「やだ……。そんなに顔色悪かったですか？　……最近もやししか食べてないからかな」

「もやし⁉」

聞き捨てならない言葉に逸流の声がひっくり返った。

「え、やだ。ごめんなさい。私、貧乏で……。ごめんなさい、忘れてください」

顔を真っ赤にした沙織はペコペコと頭を下げるが、そのうなじの細さがやけに際だったような気がした。

「ちょっと……来てください。これから、何か用事はあるんですか？」

「あっ……。と、特にありませんが」

逸流は沙織の手首を摑んだまま、時々利用するカフェに向かって歩き出した。

「あ、あの⁉」

「いいから、一緒に来てください」

戸惑う沙織の折れそうに細い手首を摑み、逸流は鼓動が馬鹿のように速くなっているのを必死に抑えた。自分の頭に心臓があるような錯覚を覚え、この大きな音が彼女に聞こえてしまうのではと怯えすらした。

逸流が向かったのは、品川駅の北改札口を出てすぐの商業施設にある、ニューヨークの朝食を意識したお洒落なカフェだ。

「こ、こんなお洒落で高そうなお店、入った事ないです……」

可哀想なぐらい怯えている沙織に、逸流はズイッとメニューを向ける。

「食べてください。奢ります」

「え、えっ？　自分のお金ありますよ」

沙織はそう言うものの、生活がカツカツなのは調査させて分かっている。

「分かりました。ひとまず好きな物を好きなだけ食べましょう」

色鮮やかなメニューを向けられた沙織は、女子が好きそうなフレンチトーストやパンケーキ、エッグベネディクトなどを見てコクンと喉を鳴らしている。

逸流は自分も選ぶふりをして、さりげなく沙織の視線が何に向かっているのか観察した。

「じゃ……じゃあ、お腹空いたしスパゲッティを食べます」

本当は甘い物を食べたいのだろうが、腹に溜まりそうなものを選ぶところが涙ぐましい。

「俺はハンバーガーにします。エッグベネディクトも食べたいんですが、二つあるようだし、シェアしませんか？」

「え？　あ、はい。……えっと、あなたがいいのなら。……今さらですが、お名前は？」

本当に今さら名前を聞かれ、それもそうかと逸流は納得する。

こちらは沙織の事をずっと知っていても、沙織からすればいきなり声を掛けてきたナンパ男なのだ。

「じゃあ……みつるで」

ある種の期待を込めてそう名乗ってみたのだが、沙織はサラッとした笑みを浮かべるだけだ。落胆したが仕方がないと思う。中学生のあの頃から高校、大学と進学し、沙織の環境はめまぐるしく変わっている。その中に色んな名前の人間がいて、もしかしたら「みつる」という男だっていたかもしれない。

「じゃあ、って何ですか？　仮名なんですか？」

「まぁ、そんなもんです。フレンチトーストかパンケーキもシェアしませんか？　どっちが好きです？」

「た、食べられるかな」

「もし無理そうだったら、俺が食べます。頼むだけ頼んでみましょう」

「分かりました……」

半ば強引に決めてしまい、逸流はウェイトレスにオーダーをした。ついでに飲み物も注文する。

「沙織さん、このミックスジュース、ここの定番らしいんです。暑かったですし、まず喉の渇きを潤しましょう」

そう言って逸流はミックスジュースも二つ頼み、食後にホットコーヒーもオーダーする。

「……あの。私、名乗りましたっけ？」

だが沙織にそう尋ねられ、ギクッと息を止めた。

「お、教えてもらったと思いますよ。暑くてボーッとしていたようですし、ここに連れてきてしまったのも突然だったから、色々ゴチャゴチャになったのでは？」

「そう……でしょうか。……まぁ、いいんですけど」

沙織があまり物事にこだわらない性質《たち》で良かったと心底思った。

まだ胸が変な音を立てているが、逸流は必死に平静を保って水を飲む。沙織も暑かったからか、美味しそうにコクコクと水を飲んでいた。

「……で。あのビル、ＯＧの本社ビルだったと思いますけど、何かありましたか？」

喉の渇きを癒して一息ついたあと、逸流が本題に入った。

沙織も現実に戻ったような表情になり、形のいい唇を引き結んだあと、話し始める。

日差しが差し込む明るい店内で、沙織の美貌は息を呑むほどだ。

線が細いのと、何か悩み事がありそうな憂い顔が、儚げな雰囲気を強調している。

沙織がどんな姿になっても好きなのは変わらないが、できるなら健康で幸せそうにいてほしい。

「……私、あの会社で働きたかったんです。大学ではビジネス学を学び、秘書ができる企業を探しています。さっきも言ってしまったのでもう隠しませんが、私、実家があまり裕福ではなくて……。大学も奨学金で進学させてもらったんです。少しでもいい会社で働いて、進学について我が儘を聞いてもらった分、両親には少しでも恩返しをしたかったんです。……企業の中身というよりも、ブランド力とかで選んでしまいました。……そこが駄目だったんでしょうね」

「……就職活動、駄目だったんですか？」

逸流の問いに、沙織はコクンと頷く。

「二週間ぐらいで連絡がくるはずなんですが、……もう……」

（親父……。あれほど言っておいたのに、後手に回ったのか？）

逸流の日が剣呑になり、稔への苛立ちを露わにする。だがサングラスを掛けたままだったので、沙織には気づかれなかったようだ。

サングラスを掛けたままというのも失礼で内心気になっていた。だがいずれきちんと再会した時に、過去に会っていた事をサプライズで打ち明けたかった。そうした方が、沙織も運命的だと思ってくれるかもしれないと期待しての選択だ。

「でも、仕方ないです。こんな大きな会社、身の丈に合わないって思い知りました」

「そうは思いませんけどね。見た感じの印象ですけど、沙織さんはまじめで勤勉そうだ。大企業とはいえ、忙しいがゆえのミスもあると思います。もう少し……来週の月曜日まで待ってみたらどうですか？」

その日は木曜日で、逸流が今日中に稔に伝えれば、明日か明後日には沙織に連絡がいくだろう。真剣に学んで実力で就職しようとしていた彼女には悪いが、ＯＧに入社してもらわなければ逸流が困る。

「そう……ですね。励ましてくれてありがとう、みつるくん」

沙織は逸流の態度から年下だと判断したのか、親しげに言って微笑んだ。

やがてオーダーした食べ物が運ばれてきて、沙織は一転して笑顔になり、「美味しい、美味しい」と言ってフォークを動かしていた。

（良かった。俺は今のところ、こんな事しかできないから）

目の前で沙織が喜ぶ姿を見て、逸流は本当に嬉しかった。

八年前のあの夏は、〝遊んであげている年下の男の子〟と思われていただろう。

だが今なら、こうしてささやかでも沙織の力になれる。

彼女の弱音を聞き、腹が空いているなら食事をご馳走するぐらい何て事はない。

こんな事で沙織の笑顔を見られるのなら、何度だって食事に誘いたい。いや、これから一生、逸流は沙織を食べさせていくと決めている。

「私、エッグベネディクトって初めて食べました」

恥ずかしそうに打ち明ける沙織が、身悶えしたくなるほど可愛い。

「なんなら、もう一皿頼んでもいいですよ。本当に、何でも好きなだけ食べてください」

「あはは、そんなに食べられません。パンケーキも頼んじゃったでしょう?」

朗らかに笑う沙織の顔を、いつまでも見守っていたい。

いや、絶対に彼女と結婚して、こうして毎日談笑しながら食事をするのだ。

胸の奥に固い決意を秘め、逸流は幸せなひとときを過ごす。

「少し電話をしてきますから、待っていてもらっていいですか?」

「はい」

パンケーキが来るまでのあいだ、逸流は席を立ってレジに立っている店員に頼み、先に会計を済ませた。そして一度店の外に出て、稔に電話を掛ける。

『……もしもし、逸流か？』

「仕事中でしたか？　すみません」

『いや、大丈夫だ。お前から掛けてくるなんて珍しいな』

すみやかな行動ができない父への不満をグッと堪え、逸流は淡々とした声で続けた。

「先日話した、七瀬沙織さんの件はどうなりましたか？　偶然彼女と会ったのですが、通知がこなくて悄然としています。お忘れでしたか？」

我ながら、我が儘を言っているのは分かっている。

だがどうしても、ここで沙織を逃がしてしまうのは我慢ならなかった。沙織が自分の手元を離れ、知らない会社で働くなど許さない。そこで別の誰かに見初められたら、誰が責任を取るのだ。

「人事を動かす迷惑料は、俺が将来きちんと払います。必ず父さんの期待以上の男になって、卒業後に副社長の座に納まりますから」

淡々と、だが熱を込めて言う逸流の気持ちが通じたのか、電話の向こうで稔が笑う。

『分かった分かった。人事に〝私が連絡をしたら七瀬さんに合格の通知をするように〟と言っておいて、そのままだった。つい忘れていたんだ。これからすぐ手を回すから待っていなさい』

実際そうなのだが、まるで子供のおねだりを笑って聞くような稔の声に、逸流の中にある苛立ちが増幅した。

「すみやかな処置をお願いします。では」

電話を切って溜め息をつき、逸流はスマホをジーパンのポケットに突っ込んですぐに沙織のもとに引き返した。

（——は？）

だが戻ろうとした席を見て、心の中で彼らしくもない声が漏れた。

隣の席に営業帰りのサラリーマンらしき男が二人座っていたのだが、その二人が馴れ馴れしく沙織に話し掛けていたのだ。

「だったらうちの会社に来ない？　人事部長とも仲いいし、きっと採用してもらえるよ」

女慣れしていそうな三十代の男が笑い、その向かいに座っている四十代後半ぐらいの男性もいやらしい微笑みを浮かべて沙織を見ている。

「お気遣いはありがたいのですが……」

「彼女に何か御用ですか？」

沙織の向かいに腰掛け、逸流が温度の低い目を男性たちに向ける。

二人は「男が戻ってきた」と態度を変え、自分たちでは到底勝てないルックスの逸流に敵意の籠もった目を向ける。同時に自分たちが社会人であるという事を逆手に取り、嫌みを言ってきた。

「就職活動で困っているみたいだから、うちの会社を紹介しようと思っていたんだ。君みたいな学生じゃ、コネなんてないだろう？」

鼻で笑う三十代の男性に、逸流は冷え切った目を向ける。

（ＯＧの代表取締役社長の父というコネを、大いに活用しているけどな）

内心冷淡に呟き、表向きは「そうですね」とサラリと流しておく。

「ですが、彼女も優秀ですから内定の連絡が遅れてくるかもしれませんよ。どの企業だって、対応が遅い者はいるものですから」

そう言った時、沙織の電話が着信を告げた。

「えっ？　……ちょ、え、えっ!?　ご、ごめんなさい。少し電話をします」

狙ったタイミングで予定通りの電話が来て、逸流はゆったりと微笑んだ。

目の前で沙織は電話の相手に向かって「はい、……はい」とコクコク頷き、目を期待でキラキラさせている。

「どうもありがとうございます！　宜しくお願い致します！　はい、では失礼致します！」

最後に何度もペコペコと頭を下げ、電話を切った沙織はしばし放心していた。

隣のテーブルの二人は沙織が何か言うのを待っていた。逸流は彼女に何が起こったのか知っていながら、わざと沙織に〝嬉しい報告〟を言わせる。

「沙織さん、何の電話ですか？」

すると彼女は逸流を見てから花が綻ぶような笑みを浮かべ、逸流の手を握ってきた。

「凄い！　みつるくん凄い！　みつるくんの言った通りになりました！　私、ＯＧに秘書として採用されました！　しかも社長直属です！」

「…………」

社長直属まで言った覚えはなく、逸流は一瞬微妙な気持ちになった。

だがすぐに笑顔になると、「おめでとうございます。実力ですよ」と言ってキュッと沙織の手を握る。彼女の手は、やはり小さくて柔らかい。一瞬だけだがしっかり握ったあと、逸流は名残惜しく手を離す。

「来年の春から、ＯＧの社長秘書ですね」

「はい！」

大喜びする沙織の横で、二人組はあまりに大きな企業の名前を聞いて、早々に帰り支度をしていた。

「君、良かったね。頑張って働いて」

「社会人は甘くないけど、君みたいに可愛い子ならいい秘書になれるんじゃないかな」

最後にモヤッとする台詞を言って、男性二人組は去っていった。

「……外見は関係ないと思うんですが」

不満げに呟いた沙織を、逸流は励ます。

「当たり前ですよ。あなたは顔で合格したんじゃない。大学での成績や面接での印象が良くて採用されたんです。……会社にもああいう男尊女卑な社員や役員はいるかもしれませんが、負けないで。沙織さんには実力があるんです。……そしてきっと、あなたを誰よりも分かってくれる上司が現れるはずです」

暗に自分の存在を匂わせ、逸流は鼓舞するように微笑む。

「そう……ですね。頑張ります！」

笑顔になった沙織は、テーブルに運ばれてきたパンケーキを見て歓声を上げた。

「すごい。今日はみつるくんに声を掛けられてから、次々に嬉しい事が起こってるみたい。みつるくんは幸運の使者か何かなのかもね」

四枚あるうち、シェア用の小皿に普通のパンケーキとレモン風味のパンケーキを一枚ずつ取り分け、沙織が感謝の籠もった目で逸流を見る。

「俺は特に何もしていませんけどね。……でももし、次に出会ったら、その時はちゃんと俺とデートしてくれますか？」

「……は、はい！」

デートと言われて沙織は一瞬驚いたようだが、逸流の事を完全に信頼しているようで、屈託のない笑顔で頷いてくれた。

純粋な沙織は、サングラスを外さない逸流が何者であるかも、もう疑問に思っていないようだ。そこが少し怖くなり、逸流はパンケーキをナイフで切りつつ付け足しておく。

「言っておきますけど、俺は特別ですからね？　他の男に……さっきみたいな嫌らしい笑いを浮かべた男には、本当に注意してください。ナンパも断るんですよ？　合コンなんて行ってもロクな人間がいませんから」

「ふふ、分かってますよ。みつるくんったら、心配性のお父さんみたい」

ご機嫌になった沙織はパンケーキを食べて「美味しい」と幸せそうに笑う。その笑顔を見ていると逸流も「……まぁいいか」という気持ちになってくる。

やがて食後のコーヒーも飲み終わり、逸流の日本での役目も終わってしまった。

すでに会計済みだと知った時、沙織はとても恐縮した様子で慌てて自分の財布を出そうとした。だが逸流は「お祝いだから」と言って止めさせた。

「あの……。みつるくん……」

ビルの一階で沙織は言いよどみ、逸流は何かを期待する目で彼女を見る。

「何ですか？」

応えたが、沙織は何か言いたそうで言えずにいる。

「みつるくん、いい匂いするね」

誤魔化すかのように別の話題を振ったが、逸流にとっては些末な事なので「ありがとうございます」と微笑んでおいた。

彼女が別れを惜しむ気持ちも分かる。

正直逸流も、ここから沙織との交際をスタートさせてしまっていいか悩んでいた。

彼女がOGを受けるつもりだと再認識した時は、あらゆる方法を考えた。だがもう一度本社の前でばったり会うとは、逸流も思いもしなかったのだ。

こうして直接話をして、ご馳走をして目の前で合否結果を聞くのも想定外だ。一緒にいられて、きちんと彼女と話せて嬉しいが、まだ「自分はOGの御曹司」だという事は伏せておいた方がいい気がする。

万が一これから遠距離恋愛になったとしても、逸流を気にするあまり、せっかく就けた秘書業がおろそかになっては困る。

逸流は沙織を自分の妻にしたいと思っているが、彼女がこれまで必死に培ってきたものも守りたいと思っていた。彼女が秘書として働きたいなら、その意志を尊重したい。

なので、ここでは苦渋の決断をした。

「また会えるといいですね」

「あ……、はい」

先に逸流がやんわりと「今は駄目だ」という事を示すと、沙織も気落ちしつつも微笑み返す。

それでもここで『みつる』を忘れてもらっては困るので、少し匂わせておく事にする。

「俺、実は身内にＯＧの関係者がいるんです。だからいずれ俺もＯＧに入社したいと思っています」

「本当!?」

沙織はパッと表情を明るくし、一歩前に出る。

（あぁ、可愛いなぁ）

胸の内にとろりとした愉悦を感じ、逸流はいずれ本当に再会する時のために釣り糸を垂らす。

「今は大学生の身なので、数年後に卒業したらきっと沙織さんの前に姿を現します」

「い、いま連絡先を聞いたら駄目？」

何とも魅力的な申し出が来て、逸流は堪らなくなる。

（どうする……）

それでも自分の正体がバレるような事をするのは、あまり良くないと感じた。

『海外に留学している〝みつる〟』と『ＯＧ御曹司で副社長になった男』が同一人物だと分かるのは、確実に彼女を手に入れてからの方がいい。

今はＳＮＳやらで情報が簡単に手に入る世の中だし、沙織のもとにどこから逸流の情報が飛び込むか分からない。

幸い今は金髪に染めているし、サングラスで素顔も明かしていない。

今は『謎の親切な男〝みつる〟』でいた方が、すべて穏便にいく気がする。

逸流が一番恐れているのは、沙織が彼の正体を知って、自分の入社がコネだと気づいてしまう事だ。

そうすればOGという会社と逸流に不審を抱き、距離を取ってしまいかねない。

「……すみません。帰国したら絶対に沙織さんに会いに行きます。だから今は……」

ギュッと心臓が締め付けられるような思いで断ると、沙織は微笑んで引いてくれた。

「分かりました。必ず探してくださいね？　私、みつるくんを恩人だと思っているんです。次は私が絶対にご馳走しますから！　沢山働いて、みつるくんが帰国する頃には立派な秘書と言われるようになっています。だから、OGの本社受付とかでもいいから、私宛に伝言を残してくださいね？」

沙織は必死な目で逸流を見つめ、彼との接点を逃してたまるかと食らいつく。その純粋で一途な面が、堪らなく愛しかった。

「……はい。必ず会いに行きます」


最後に二人は握手をして、ビル前で別れた。

逸流は数年後に必ずOGの副社長となって、沙織を迎えに行くと固く決めていた。

沙織もまた義理堅い性格だろうから、成長した〝みつる〟の事は忘れないだろう。

そう、信じていたのに――。

＊＊

「……逸流があの時の……」

沙織は夫の腕の中で、信じられないという顔つきで彼を見つめていた。

「〝みつる〟って名乗っただろう？　十歳の時も、十八の時も」

彼は少し意地悪に笑い、沙織の顎の下をちょいちょいとくすぐってくる。

「……ご、……ごめんなさい……。私……」

二回も逸流と会い、当時の思い出は鮮烈なはずだったのに、どうしてこんな恩知らずなまでに忘れられていたのだろうか。

「いや、いいんだ。俺は意図的に本名を言わなかったし、沙織だってあれから色んな体験をし、様々な人と交流して、忘れてしまっても仕方がないと思っている。沙織が就活生だった時は、俺も金髪だったし、わざとサングラスも外さなかった」

「そう……だけど。でも、どうして……」

子供の頃の〝みつる〟はひと夏の思い出としても、二十一歳の時に会った〝みつる〟の事は忘れられなかった。

「私、ずっと待っていたんだよ？　入社してから確かに忙しくなったけど、〝みつるくん〟の事を忘れた日はなかった。いつか絶対に恩返しをしたいと思ってたのに……。フィンチェスターを卒業したのは、二十二歳の時でしょう？　どうしてすぐ帰国してくれなかったの？」

沙織は逸流の愛情や優しさを疑っていない。

だが御子柴逸流というどこかミステリアスな人物そのものについては、まだ謎の多い部分が多く把握しきれていない面もあると思う。

彼が潔癖症になった原因も、まだ語られていない。

あまり弱みになるような事は話したくないのだろうが、夫婦になったのだからいつかは……と思っている。

「ごめん、沙織。俺もすぐ帰国したかったけど、父が亡くなっていたから俺は副社長ではなく社長として就任しなければならなくなった。卒業当時、自分の腕に自信はあったけれど、世界的ブランドであるOGを俺の代でもっと展開させていくには、海外で働く経験が必要だと思ったんだ」

「そう……だよね。稔さんが亡くなったから逸流は……。うん、そうだよね。……私、何を自分勝手な事を言っちゃったんだろう」

寂しくて、恩人に会いたかったからすぐ帰国してほしかった、だなんてあまりに身勝手だ。そんな自分を恥じ、沙織は俯く。

それでもずっと言いたくて言えなかった事を、いま伝えようと思った。

顔を上げ、まっすぐ逸流を見る。

「ありがとう、逸流。……私、逸流がいなかったら、きっと今こうしていられなかった。逸流のお陰で退屈な夏休みも楽しくなったし、就活の時に絶望を味わっていたのも癒してもらえた。稔さんを失ってからも支え続けてくれたし、こんな私の旦那様になってくれた。……本当に、感謝してもしきれない」

心の底から礼を言い、沙織は彼の唇にキスをした。

気持ちを込めて丁寧に唇を重ね、ちゅ、ちゅ……とついばむ。舌を入れるのは何だか気恥ずかしく、それだけで終わらせておいた。

逸流は少し目を丸くして固まっていたが——、クシャッと破顔して抱き締めてくる。

「どういたしまして。むしろ、引かれなくて良かった」

「引く？　どうして？」

今までの話の中で、どこに引く要素があると言うのだろう。

「子供の頃からずっと沙織だけを想っていたと知って、怖くならなかったか？　普通なら……あり得ないだろう。ストーカーって思われても仕方がない」

「ううん。そんなこと思わないよ。何年も想われているなんて素敵じゃない。私にそんな魅力があるかは分からないけれど、とてもロマンチックだと思う。逸流は一途で自分の恋心を大切にする人だよ」

沙織にとってストーカーとは、つけ回したりゴミを漁って生活を調べたりする犯罪者だ。仮に離れている間に逸流が沙織を陰で見守っていても、それは犯罪ではない。

逸流に度を超す執着愛があったとしても、沙織は彼が好きだし、すべてを肯定したい。たとえ世間が自分と逸流の関係をどう言おうとも、沙織は妻として一生逸流の味方でいたいと思うのだった。

「それに、逸流は辛くなかったの？　そんな前から私を想ってくれていたのに、私は契約結婚とはいえ、打算から稔さんと籍を入れてしまっていた……。それなのにあの日、逸流はごく普通にお祝いをしてくれた。いま思うと、何て無神経な事をしたんだろうって、自分が嫌になる……」

留学して帰国したら、ずっと想っていた沙織は自分の父と結婚していた。きっとそれは逸流にとって大きなショックだったと思う。

「それ……か。まぁ、凄く悲しかったよ。怒ったし、気がおかしくなりそうだった。……でも、十八歳の時に連絡先の交換を断ったのは俺だ。何もかも自分が招いた事だから、仕方がないと思っていた。父と沙織は仲良くやっていたようだし、近くで見守れるならそれでいいかとも思い始めていた」

逸流のあまりに深い想いに、沙織は胸が痛くなる。

「……でも、父が事故で逝ってしまってから、これはチャンスだと思う自分もいたんだ。こんな俺、呆れるだろう?」

切なげに苦笑いをする逸流を見て、沙織は「ううん」と首を横に振り抱きついた。

「私、今とっても幸せなの。逸流の奥さんになれて本当に良かった。お互い、稔さんの存在に暗い気持ちはあると思う。でも、前に逸流が言ってくれたように、今を生きよう?」

「ああ、そうだな。沙織、俺の妻になってくれてありがとう。俺にはあなたしかいない」

逸流が愛しげに微笑み、抱き締めてくる。

彼の腕は沙織の腰と背中に回り、彼女を離さない。

その様子は、まるで捕食者が獲物を牙が届く場所に置き、外敵に決して見せまいとする姿に思えた。

沙織という獲物は、しっかりと逸流という捕食者に捕らえられたのだ。

「俺は父のように事故で死んだりしないし、怪我もしないよう注意する。病気にならないよう沙織と一緒に健康を保つし、何かあったらすぐ検査に行く。沙織も同じように気を付けてくれると、約束してくれるか？」

「もちろん」

逸流がこう言ってくれるのも、稔が亡くなってしまったという傷がお互いにあるからだろう。その気遣いがありがたく、心の奥まで染み入っていく。

「俺は沙織とこれから一緒に歩んで、歳を重ねていきたい。一生かけて大事にするし、沙織が望む幸せな家庭を作ろう」

甘く優しい言葉に、心が幸せに満たされる。

「……はい」

——なんて、幸せなんだろう。

——こんな優しくて、私だけを見てくれる人にずっと想われていたなんて。

無意識に左手の薬指を自身の手で確かめ、そこにある夫婦の証に唇が弧を描いた。

自分の首筋に唇を押し当ててくる夫に、沙織は「くすぐったい」と笑いながら文句を言った。

# 第七章　Maestoso requiem《マエストーソ・レクイエム》（息子から父への荘厳な鎮魂歌）

逸流は沙織と出会うよりも前に、父の性癖を見て心の均衡を崩してしまった。

思い出すもおぞましい行為を見たのは、小学生に上がったばかりの頃だと思う。

夜に寝ていて腹が痛くなり、逸流は自室を出て母を頼りに両親の寝室に向かった。

小学生低学年で逸流はすでに広く立派な部屋を与えられ、その頃から英才教育を受けていた。だが精神面では、父や母に甘えたいのは変わらない、ごく普通の子供だった。

その当時逸流が腹痛を起こしがちだったのも、小さいながらストレスを抱えていたせいかもしれない。

静まりかえった夜に、体重の軽い逸流が移動しても階下には響かない。

（……お腹痛い……）

腹が痛くなる時は食べ物にあたった時か、心因性であると教えられた気がする。それでも逸流は母に甘え、「痛いの飛んでけ」と腹をさすってもらいたかった。

そうしてもらったあとに大好きな母と一緒に眠れれば、腹痛など忘れてぐっすり眠れると期待していた。

一階に降りて両親の寝室がある方に向かうと、変な声が聞こえた。

どうやらその声は寝室から漏れているようで、逸流は不安になる。

自分の家が金持ちである事は分かっている。強盗がやってきて父を縄で縛り、母が泣いているかと思った。漏れ聞こえているのは、女性のもの——母の声だからだ。

「…………」

逸流は小さな手でドアノブを摑み、強盗を刺激しないように細くドアを開いた。

（……え……？）

耳に入ったのは、ヴィイイイン……というモーター音。そして母の啜り泣く声。

「あなた……っ。あぁ、——あなた、許して……っ、あぁぁ……っ」

いつも楚々とした花のように清楚な母は、全裸になって脚をパカリと広げていた。

（カエルだ……。カエルがお尻にストローを入れられて、苦しんでる）

母が白い肌を晒し、脚を開いている姿を逸流はそう捉えた。

奇しくも学校の友達から、「カエルって尻にストローを入れて吹いたら、破裂するんだって」と残虐な話を聞かされたばかりだ。

母のお尻には何か長細い物が入れられていて、それを父が手で前後に動かしていた。母は目隠しをされ、もちろん逸流の姿など見えていない。

父はこちらに背中を向け、母の姿をビデオカメラで撮影していた。

「愛美《えみ》。ああ、なんていやらしい姿なんだ。深窓の令嬢であるお前がこんな嬌態を晒していると知ったら、君の両親は何て言うかな」

「いやぁ……っ、誰にも言わないでぇ……っ！　んっ、んぅうっ、あぁ、あーっ」

「上の口も下の口もダラダラと涎を垂らして、なんていやらしくてみっともないんだ」

父は母を言葉でいじめ、お尻に刺した何かで体もいじめているようだった。

（お父様が……、いつも立派で厳しいお父様が、笑いながらお母様をいじめてる？　あれだけ『女性には優しく接しなさい』って言っていたのに……）

逸流は厳しい父を絶対的な支配者と思っていた。そんな彼が裸の女性という弱い存在を、棒でいじめている。状況が分からないながらに、逸流は父の姿に失望した。

逸流は訳が分からなくて混乱し、それでもこれは「見てはいけないものだ」と悟る。

音を立てないように静かにドアを閉め、足音を忍ばせてその場を離れた。

二階の自分の部屋に戻り、腹痛も忘れて布団を被って団子のようになる。何も聞きたくなくて布団を被ったが、逆に自分の心臓だけがバクバクとうるさく鳴り響き、母のねっとりとした声が鼓膜にこびりついている気がした。

翌朝、両親は何事もなかったかのように逸流に「おはよう」と言ってきた。

父はパリッとしたシャツにベストを着て新聞に目を落とし、母は品のあるお嬢様という顔で料理人と一緒に食事の皿を運んでいる。

（……昨日見たあれは、何だったんだろう……）

まるで狐に化かされたような気持ちになりながら、逸流は食事をとり学校に向かった。

それから数年、時々こっそり両親の寝室に向かったが、あの『いじわる』は引き続き行われているらしかった。

だが逸流は決して両親に「夜にしている『いじわる』は何なの？」という愚かな質問はしなかった。子供ながらにいけない事だと分かっており、その質問をしてしまえば両親を困らせ、自分が怒られると自覚しているからだ。

胸にモヤモヤとしたものを抱えつつ、その単語が耳に入ってきたのは小学生中学年ほどの事だ。

「逸流、セックスって知ってるか？」

お坊ちゃまお嬢様が通う学校だが、もちろん年頃になればそういうものに興味も持つ。

友人は得意げな顔をしてヒソヒソと囁いてきた。

「セックス……」

逸流は幼稚園の頃から「変質者には気を付けましょう」や、「友達でも水着ゾーンに触ってはいけません」と教わっていた。

セックスというのは、その水着ゾーンをどうにかする事だと、ぼんやり把握している。その場で電子辞書を引くと、『性別を意味する』など色々な情報が出てくる。だが友人が言ったのは、『性行為』、『陰茎を膣にいれて射精する行為』を指していると理解した。

そして思い出したのは、母の姿だ。

母はお尻に棒を入れられていたのではなく、性器に何かを入れられていたのではないだろうか。それが『セックス』の一環だとしたら——?

その時、今まで知識として曖昧に知っていたものと、自分の両親がしていた事が初めて合致した。

「う……っ」

逸流は吐き気を覚え、友人を押しのけてトイレに駆け込んだ。

制服を汚してしまうのも構わず、便器に顔を突っ込みゲエゲエと胃の中の物を吐き出す。

放課後のそれはちょっとした騒ぎになり、先生によって運転手に「逸流くんは体調が悪いようです」と伝えられた。

もちろんその話は両親にも伝わったが、逸流は二人と目を合わせないまま「給食を食べすぎたようです」と真実を頑なに教えなかった。

逸流は両親の顔を見ると、なぜだか両手がムズムズしてくるようになった。自分の手がとても汚れていると思え、何度も何度も手を洗う習慣がついた。

一人で秘密を抱える逸流は、より孤独になってゆく。

両親は性教育を学校に任せ、自分たちで「世の中にはこういうものがある」と教えなかった。それが逸流の純粋培養に拍車を掛けていたかもしれない。

予備知識もなくいきなり知った現実は、時に子供の心に深いトラウマを刻みつける。

その日から、逸流は両親を避けるようになった。


逸流が十歳になる頃には、彼はもうすっかり両親が何をしているか理解していた。

両親は擬似的なセックスをしており、母は大人が使ういやらしい道具で性的興奮を抱いているのだ。父は倒錯した性嗜好で母に目隠しをし、自分の陰茎を挿入せず母を道具で辱めている。その姿をビデオカメラに映して保存しておく……という性癖は、逸流には理解しがたい。

(絶対あんな大人にならない。汚い。醜い。俺は女なんか好きにならない。学校の女子も猫みたいな声を出して俺の名前を呼ぶ。あんな声を出す女が気持ち悪い)

逸流は学校から帰ったあと、手をひたすら洗い続けた。

学校では我慢していたが、女子にベタベタ触られ、くっつかれるのが本当に苦痛だった。

吐いてしまいそうなほど嫌だけれど、逸流は学校生活を円滑にする事と、両親が言うように自分と同レベルの家の子と仲良くなる事を重視した。

ある意味それは、金持ちの家に生まれた子供の呪いだろう。

我慢に我慢を重ねた逸流は、表向き完璧な御子柴のお坊ちゃまを演じきった。

その裏で、彼の小さな手はあかぎれを作り、痛々しくひび割れていた。

学校の女子にも「逸流くんの手、汚い」と陰口を言われる。だが彼女たちは御子柴家の息子である逸流と、相変わらず接点を持とうとしていた。そんな女子たちが、堪らなく汚く思え、逸流は十歳にしてすべてに絶望していた。


そんな時、夏の軽井沢で沙織と出会った。

自分の汚い手に口づけてくれた沙織に、逸流は震えるほど感動した。

沙織の存在はみずみずしく、弾けんばかりの健康さや生の象徴にすら思え、逸流は強い憧れを覚える。

そして小さな女神に、水中に引きずり込まれた。

ずぶ濡れになった逸流は呆然としてから、自分が今まで一人で抱えていたものが随分軽くなった事に気づく。

（まるで洗礼のようだ）

洗礼者ヨハネがヨルダン川でイエスらに洗礼を授けたという話を思い出し、思わずそれに自分を重ねる。

逸流を水に落としても大した事はないと思っている、沙織の傲慢な純粋さに、強烈な引力を感じた。

毎回遊ぶたびに、沙織は逸流にハンドクリームを塗ってくれた。小さな手がヌルヌルと逸流の手にクリームを塗り、手を滑らせていくたびに、逸流は妖しい気持ちになる。

その感情の正体を知る事はまだなかったが、特別なものであるのは分かっていた。


そして母の死を経て、逸流が二十一歳の時。

逸流は暗い目でフィンチェスターでの自室を睨んでいた。

珍しく父から連絡があったと思えば、「再婚する事にした」ときた。

それだけなら、逸流は特に何とも思わなかっただろう。母を亡くして六年経っているし、父を第三者的に見れば引く手あまたな男性だと思う。

正直、逸流は父が独身のままでも再婚しても、どうでも良かった。

——そう、相手の名前を聞くまでは。

『相手は、七瀬沙織さんという。私の第二秘書なんだが、優秀だし容姿も申し分ない』

のんきな父の声を聞いて、逸流はあまりの怒りに一度ベッドにスマホを投げつけた。

逸流がかつて「OGに採用してほしい」と明らかに特別扱いした彼女の名前を、父は何の感情もなく逸流に告げた。——という事は、沙織が逸流にとって何かしら意味のある存在であるという事を、無視しているか忘れているのだ。

自分の大切な思いを父に踏みにじられ、心臓が痛くなる。

固く握った拳で太腿を激しく打ち付け、食いしばった歯がギリッと軋んだ音を立てる。

深呼吸を何度も繰り返し、逸流は震える手でスマホを手に取り耳に宛がった。

『式は挙げずに当面籍を入れるだけにするつもりだ。親戚が何を言うか分からないし、当分一緒に住んでいれば、沙織も夫婦になったと思うだろう。私は彼女を気に入っているし、結婚するために色々手を回した』

聞き捨てならない言葉に、逸流の目の下がピクピクと引き攣る。

「手を回したって……。何をです?」

(まさか、彼女が断れないように脅したんじゃないだろうな)

胸の奥で心臓が嫌な音を立てて鳴っている。

自分が最高の瞬間で再会を果たすまで、大切にとっておいたメイン料理を、横からハゲワシにかすめ取られた気分だ。

おまけにハゲワシは「沙織、沙織」と逸流の運命の女神を呼び捨てにする。

『彼女の家は経済的に困窮していて、沙織自身も奨学金返済で生活が苦しいらしい。だから金銭的に援助をする。沙織も金に困っているから、私の提案を呑んでくれたよ。私は彼女の若さと外見を気に入り、彼女は金を手に入れる。お互い、いい結婚だと思っている』

満足気に、さも「いい事をした」という稔の物言いに、逸流はまた激しい怒りに襲われ、吐き気すら覚えた。

（確かに沙織さんはギリギリの生活をしていたかもしれない。だからといって、金をチラつかせて結婚を迫っただだって!?　この恥知らずめ!!）

「……因みに、父さんはその秘書の方の外見が好みなんですか？」

その時の逸流は、顔面が引き攣り、声すらも震えていたと思う。

何とか冷静に尋ねたのも、稔が沙織の内面も真剣に想っているかもしれないと思ったからだ。だとすれば、今後どうやって彼女を奪い返すか手段を講じなければいけない。

だが電話の向こうの稔は息子の怒りに気づかず、いやらしい笑いと共に理由を口にする。

『とてもまじめで一生懸命な人だ。まずそこに好感を持った。それに濡れたような瞳がとても色っぽくて、胸も大きくて年齢の割に色気が凄い。一緒にいるだけで取引先の経営者も彼女をチラチラ気にする。絵に描いたような〝社長秘書〟でありがたいよ。優しく接していれば私に従順だし、どんな願いでも聞いてくれそうだ。私も愛美を喪ってから体を持て余していてね』

（彼女はお前の情婦じゃない！）

ぶつん、と頭の中で何かが切れた気がした。

血管がどうこうというより、心の中にある父への情が断ち切れた。

父親という小舟を今まで一本のロープで桟橋に留めていたが、鋭利なナイフが振り下ろされ、そのロープを切り離した。

あとはもう、小舟が川の流れに任せてどこへ行こうが構わない。

むしろ小汚い泥船が沈むのを、高笑いして見てやろうという気持ちになった。

「……そうですか」

『籍を入れたら自宅で歓迎会をするから、逸流も一時帰国しなさい』

「ええ、分かりました」

マグマのような怒りを胸に、逸流はとても冷静な声で返事をしていた。

電話が終わると静かにスマホを置き、冷え切った頭で自分と沙織の人生から稔を退場させる算段をつける。

「……ああ、あの男がいたな」

逸流の頭の中にとある男の顔が浮かび、すぐに『Japanese』とラベルに書かれた名刺ホルダーから、その男の名刺を取り出す。

――角谷隆人《たかと》。

稔の第一秘書だ。

一緒に分厚いファイルから書類を取り出す。それらもすべて、逸流が独自に人脈を築き、稔に気づかれずOGの本社ビル内にいる協力者から入手した情報だ。

現在イギリスは二十二時半。日本は朝の六時半ほどだ。

日曜日だが、あの男なら目を覚ましているだろう。休日であったとしても、秘書は社長の予定が変わり次第、すぐに対応しなければならない時もある。

「……起きているな」

無表情で呟いたあと、逸流は迷いなく角谷の電話番号をタップした。

乾ききった目で室内を見てコール音に耳を澄ますと、『はい、角谷です』と稔の第一秘書が出た。

「角谷、俺だ」

『珍しいですね、逸流さん』

「……角谷、父の再婚の話は聞いているな？」

『ええ、第二秘書の女性と結婚をすると』

角谷の声はいつも通りだが、彼がこの結婚に賛成なのは想像に易い。

角谷は第一秘書を務めており、その優秀さは折り紙付きだ。しかし稔が沙織を第二秘書にして以来、内心彼女の存在を快く思っていないのは察して余りある。

角谷には、今まで稔に「優秀だ」と買われて一人で稔を支えていた自負がある。それをひょっこり現れた若い女性に、お気に入りの座を奪われてしまった。プライドの高そうな彼が平気でいられるはずがない。

これで沙織が結婚を機に秘書を退職するなら、角谷にとっては願ったり叶ったりだ。

「角谷。これからお前の主人は俺になる」

迷いなく言った逸流の言葉に、さすがの角谷も『え？』と電話の向こうで戸惑った。

「お前、経理の女性社員を体でたらしこんで、豪遊しているだろう」

『な……』

電話の向こうで角谷がギクッとし、声を詰まらせた。

『何を仰っているんですか？　逸流さん。私はそのような事……』

「一月四日。銀座の料亭『きく屋』の坪庭個室で恋人と二時間。部屋代八千円、五万円の懐石コース。一月九日。表参道のステーキ店『まなせ』で従姉妹の子の成人式祝いに十人分の食事代二十五万三千円」

淡々と資料を読み上げる逸流に、角谷が悲鳴を上げた。

『ちょ……っ、い、逸流さん！　ご、誤解です！　それは……』

「誤解？　どこがだ？　まったく仕事に無関係に思えるが。これらの領収証を経理の気弱な女性に渡し、無理やり経費にさせているんだろう？　経理の女性は……小山《こやま》か？　彼女とのラブホテル代も、お前が出して小山に誤魔化させているだろう。本命の恋人は代議士の娘。だが他にも手を出している女性が三人いるな?」

『……………』

角谷の顔はもちろん見えない。だが彼は今、真っ青になっているだろう。

「俺の忠実な部下になるか? なるなら、表沙汰にせず黙っていてやる。俺が社長の座に就いたら、引き続きお前を雇ってやろう」

動揺しきった角谷は『も、もちろんです!』と縋り付くように頷いた。

「なら、最初の命令だ。父を乗せた車で事故を起こせ」

『……………』

角谷は良く切れる刃に心臓をスッと刺されたかのように感じただろう。

逸流はもう、自分の目的のためなら人の命も何の躊躇いもなく左右できるまで、非情になっていた。

『ですが……。私も死んでしまいます』

「父のシートベルトに切れ目でも入れておけ。酒でも飲んで車を飛ばして、急ブレーキでも掛ければいい」

『で、ですが事故車は警察に調べられるでしょうし、飲酒運転は……』

「俺がもみ消してやる。友人に警察庁長官の息子がいる」

その息子というのも、犯罪スレスレの事をしでかしていたのを逸流が誤魔化してやり、以来何でも言う事を聞くようになっている。

『……私は……怪我を負ってしまいますが……』

退路を断たれた角谷は、もはや呆然としていた。

「運転席でしっかりシートベルトをしていれば、エアバッグが働くだろう。多少入院する程度の怪我を負ったとしても、労災でしっかり金を出してやるし、事故の真実についても俺が隠蔽してやる」

『で……ですが。逸流さんに本当にそのような力があるんですか？』

「……俺が株で儲けた金を資産に、すでに起業して世界中に市場展開していると聞いてもか？『フル・オブ・ラブ』というブランド名を耳にした事は？」

『あ……っ』

その化粧品ブランドは、ＳＮＳでセレブやモデルたちがこぞって愛用しているものだ。

オリエンタルなパッケージや、徹底的にあらゆる肌色、肌質に対応した基礎化粧品、カラーバリエーションのあるコスメで一躍有名になっている。日本でもすでに主要都市の百貨店に店舗が入っているし、ＳＮＳでは『ＦＯＬ《フルオブラブ》コスメ』のハッシュタグが、各国の言語で万単位で投稿されている。

今や流行に敏感な人なら誰もが知るブランドだ。

そのブランド名の『フル』に、沙織が逸流を勘違いして読んだ『みつる＝満』が使われているという事は、誰も知らない。ブランド名そのものが、逸流から沙織への告白なのだ。

「『フル・オブ・ラブ』の去年の六月期決算は約百三十七億ドル……ざっと一兆三億円超えだ。純利益が約千三百億円。……これだけ金を持っていて、権力がないと言えるか？

『フル・オブ・ラブ』の代表取締役社長兼CEOに、権力者の友人がいないとでも？」

冷ややかな声は、自分が角谷にどう思われようがまったく気にしていない。

逸流がありあまる商才で在学中に起業し、大成功を収めているのは事実なのだ。加えて、商売を成功させながらも難関フィンチェスターで絶えず学んでいるタフさもある。

『ブ、ブランドの名前は存じ上げていますが、確かあそこの代表取締役社長の名前はリチャード・エドワーズ氏だったのでは……』

「それは俺のイングリッシュネームだ。必要なら、こちらでビジネスに使っている名刺を送ってもいい」

『い……いいえ。結構でございます』

角谷はモゴモゴと声を小さくしたあと、しばし考えてから呻くように言う。

『……すべて、仰せのままに致します』

「連絡は捨てアドレスのメールで。決行すると決めたあとは、すべてのメールを削除しアカウントも削除すること」

『かしこまりました』

「決行できそうなスケジュールが分かったら、教えてくれ。俺もそれに合わせて裏で手を回しておこう」

『承知致しました』

「それからもう一つ。赤坂の家の中に盗聴器を仕掛けておけ。リビングダイニングに二つ、ベッドルームに一つ、父の書斎に一つ、相手の女性の私室に一つ。音声データは、お前は聞かず、データのみを俺に転送しろ」

『承知致しました』

角谷に約束をさせ、逸流は電話を切ったあとドサッとベッドに仰向けになる。

フィンチェスターの部屋とはいえ、最初に稔が手配した大学寮ではない。

大学の寮も学生として使っているが、休日や仕事メインで動く日は、フィンチェスターのデタッチハウス——一軒家の豪邸にいる。

「……邪魔者は消す。欲しいものは手に入れる」

キングサイズのベッドの上で逸流は呟き、天井のシャンデリアを何とはなしに見上げた。

(分かっている。一番の失態は、就活生の沙織さんに出会った時、彼女の〝特別〟にならなかった事だ)

悔やんでも悔やんでも、悔やみきれない。

あの時自分を恩人だと言ってくれた沙織なら、遠距離恋愛でも自分を好きになってくれていただろう。

沙織の就職にコネを使った。もしあのとき遠距離恋愛を始めていたら、沙織は〝みつる〟の正体を知るためにネットやSNSで逸流を調べたかもしれない。

OGの御曹司というところまで行き着けば、彼女は自分がコネ入社だと分かり、きっとOGを辞めて逸流の手の届かない場所に行ってしまったと思う。

それを恐れて沙織と付き合わなかったのは自分の責だ。

「今度は絶対に後悔をしない。自分の望みを叶え、沙織さんの望みをすべて叶えるためなら、何だってする。俺が彼女を幸せにするんだ」

天井に向かって手を差し伸べ、――握る。

起業して化粧品の会社に照準を合わせたのは、沙織と出会った時の言葉を覚えているからだ。

沙織の母は肌が弱く、化粧を十分に楽しめないでいる。

それがヒントになり、同時に彼女の夢を叶えてあげたいと思った。

すべての人の望みを叶える勢いで、研究者を雇い様々な基礎化粧品を作り出した。自然由来の低刺激のものから、若年層が手に入れやすい値段のもの。エイジングケアや美白、さらに高級ラインまで。

沙織や彼女の母の苦労を思い、基礎化粧品に医薬部外品のラインナップも作った。逸流自身、手荒れを抱えていた身もあり、肌への優しさを一番に考えた。

すべての女性が綺麗になるための物は、沙織と彼女の母が綺麗になるための物だ。

結果的に、逸流の商売は大繁盛している。

「角谷、いい報告を待ってるぞ」

逸流の心には沙織を父に奪われた絶望と虚脱感があり、父に復讐してやろうという激しい怒りと憎しみも混同している。

ベッドに横たわった逸流はギラギラとした目で自分の拳を見つめる。

――憎め。

――あの男を憎悪しろ。

心の中でゴウゴウと黒い炎が燃え、逸流を包み焼き焦がす。

炎の舌に舐められてどんどん小さくなってゆくのは、理性や道徳という、取っておいても愛する女を守れない、役に立たないものだ。

父殺しの罪を被ってでも、逸流は沙織を選んだ。

――いや、父のおぞましい趣味を知って見限った時から、家族の情は消え去っていたのかもしれない。

温室の中で純粋に完璧に育てられた少年は、親の歪みを見て、己の心を歪めた。

望む〝完璧なもの〟〝汚れのない綺麗なもの〟のためなら、逸流はどれだけでも残酷になれた。

考えたくもないが、沙織が稔と夫婦として一緒に住んでいるという事は、あの男に手を出される可能性もある。想像するだけで、本当に吐き気を催すほどおぞましいし、怒りで頭がおかしくなりそうだ。

「絶対に手を出すなよ……」

食いしばった歯のあいだからうなり声を出し、逸流はこの時だけは父の性癖にすべてを賭ける。女性を辱めておいて自分は自慰だけで満足する、そんな倒錯しきった性癖だけが、沙織の純潔を守ってくれる唯一のものだった。

「あああぁあああぁああ…………っ!!」

両手で耳を押さえてのたうち回り、逸流はこみ上げる怒りとどうにもならない憎しみに声を出して苦しむ。

手ぐすね引いて沙織が自分のものになるのを待っていたのに、運命とはこうも逸流に厳しい。

沙織も沙織だ。

仕方がないとはいえ、よりによってあの男の手を取るとは……!

「畜生!!」

叫んだあと、しばらく逸流は放心する。

そして、落ち着いた声で自分に言い聞かせた。

「……沙織さんは悪くないだろう？　すべて彼女が生まれた環境と、そこに付けいった父が悪い。沙織さんは何も知らないで、ただ純粋な気持ちで努力し続けた人なんだから」

ふ……と微笑んだ逸流の中で、沙織は絶対的な清らかさと善の象徴となっている。

「沙織さんだけは何も変わらない。金に困って父の手を取ったとしても、仕方がない。彼女は父に追い詰められたんだ。そうだろう？　沙織さん。今度は俺が側にいて、打算のない純粋な愛情で包んであげるから」

陶然として呟いた逸流は、よろりと起き上がりウォークインクローゼットに向かった。

廊下を挟んで自分のウォークインクローゼットの向かいにあるのは、沙織用のスペースだ。そこから彼女に似合うだろうと思って買った、夕焼けのグラデーションを見事に表現したワンピースをハンガーごと手に取る。

「沙織さん……」

まるで目の前に彼女がいるかのように微笑みかけると、逸流はワンピースのレースの袖を持って、ワルツを踊り始めた。

頭の中に流れているのは、ヨハン・シュトラウス二世のワルツ『春の声』。

ヨーロッパテイストのモダンでありつつも上品な室内で、逸流は革靴で床を鳴らしながらステップを踏んだ。こちらに来てからパーティーに招かれる事も多々あり、逸流は一通りのダンスは習得済みだ。

これから二人に訪れる、華やかで明るい未来を妄想し、逸流は満面の笑みを浮かべて踊り狂った。

その時すでに入手していたプライベートジェットで帰国した逸流は、白々しいまでの丁寧さで父と沙織の結婚に祝いを告げた。

「は、初めまして……。逸流さん。七瀬……あ、み、御子柴沙織と申します」

赤坂の実家の玄関で父と一緒に逸流を出迎えたのは、二十四歳になった沙織だ。

三年ぶりに会った沙織は、以前よりもさらに匂い立つような美女に成長していた。

「初めまして、お義母さん。逸流です」

口頭で自己紹介をしても、沙織は事前に逸流の名前や漢字を知っていたからか、「みつる」と勘違いする事はなかった。

加えてこの時の逸流は黒髪の上、素顔を晒していたので、就職活動をしていた時の〝みつる〟と重ねる事もない……と思っている。

「すみません。逸流さんのご自宅なのに、私が出迎えるような真似を……」

沙織は可哀想なぐらい恐縮しきっていて、逸流はそんな彼女の肩を抱いて慰めてあげたくなる衝動に駆られた。

「沙織、そんな事は気にしなくていい。逸流、長時間のフライトで疲れただろう。荷ほどきはあとでいいから、少し休みなさい。夕食は馴染みの店の料理を取り寄せたから、その頃になったら起こす」

「……はい」

稔に鷹揚《おうよう》に言われ、逸流は上辺だけ微笑して頷いた。

もっと沙織の顔を見て、彼女と話したい気持ちで一杯だったが、ここで迂闊《うかつ》な態度を取れば怪しまれる。

きちんと対面して、沙織に自分の正体がバレないか逸流は少し緊張していた。

(やっぱりあの時、金髪でサングラスを外さなかったのが効いていたのかな)

二階の自分の部屋に上がり、成長と共に買い換えた大きなベッドに仰向けになる。

(気づかれないのは少し寂しい気持ちもあるが、今はこれでいい。いつか沙織さんに俺たちが昔に出会っていた事を打ち明けるけど、それは今じゃない)

目線の高さは変わったとはいえ、子供の頃から使っている部屋にいると気持ちが少し暗くなる。家具の配置なども子供の頃と変わっているが、両親に言えない思いを抱いて一緒に暮らしていたのは、この家のこの部屋なのだ。

(沙織さん、最後まで手を出されていないだろうな……。音声データの印象では挿入していないと思うが、彼女が道具を使われているのは分かっている)

あの後、角谷がすみやかに自宅内に盗聴器を取り付け、逸流はイギリスで沙織が稔に辱められる音声データを聞いていた。

烈しい怒りで頭が爆発し、死んでしまうかと思うと同時に、沙織の嬌声を聞いて股間が痛いほど反応し、何度も自慰をした。

あの時の敗北感を思い出し、負の感情が増幅される。

怒り、憎しみ、嫉妬、——沙織への肉欲。

心の底で常に渦を巻いているその感情たちは、荒れ狂う場所を求めていた。

(……そうか。最後まで手を出されているかどうか、彼女に直接言わせればいいんだ)

ぽつん、と心の中に答えが落ち、逸流は一人昏く微笑んだ。

自宅で行われたパーティーで、沙織はとても気を遣っているように見えた。

何より歳の近い義息子ができたのだ。二十一歳と言えば立派な大人だし、自分が下手な振る舞いをすれば今後の家族生活に支障をきたすと思っているのだろう。

(可愛いな)

せっせと料理を取り分けたり稔に酒をついだり、沙織は落ち着く間もない。そんな彼女が可哀想になり、逸流は予定通り沙織に酒を飲ませる事にした。

「お義母さん。そんなに気を遣わなくていいですよ。昭和の家庭じゃないんですから、料理や酒ぐらい自分で取れます」

「そ、そうですか?」

逸流にやんわりと言われ、沙織は自分が過剰なまでに気を配っていた事を自覚したようだ。カァ……と白い頬が赤くなり、その表情に逸流は得も言われぬ感情を抱く。

「酒は飲めませんか?」

「……甘いのなら少し……」

(やっぱり可愛い)

調査通りの答えだが、本人の口から聞くとより可愛さが増す。

「じゃあ、バーカウンターでカクテルを作ってあげますよ。俺もイギリスにいた時、友人との集まりで酒を作ったりしていたんです。料理もあらかた食べて満腹になりましたし、場所を変えて飲み直しましょう」

「それはいいな」

稔も賛同し、酒のつまみになるような料理を運んでバーカウンターのある部屋に向かう。そこには稔が集めたウィスキーやブランデー、ワインクーラーもあり、父はさっさと自分のための酒を用意し始めた。

「お客さん、一杯目はどうしますか?」

バーカウンターの内側に立ち、逸流は少し芝居がかった口調で沙織にスツールを勧める。

稔は奥にあるソファセットに座り、タブレット端末を弄っていた。

「じゃあ、ファジーネーブルをお願いします。バーテンダーさん」

沙織も〝ごっこ〟に乗ってくれたのが嬉しい。笑いかけてくれたのも嬉しいし、彼女に手作りのカクテルを飲ませてあげられるのも堪らない。

（いつか酒だけじゃなくて、俺が作った料理も食べさせてあげたいな。彼女の口の中に入るものまで、俺が管理したい）

常人が聞いたらゾッとするような事を考え、逸流は流れるような手つきでタンブラーに氷とカットした桃を入れ、桃のリキュールとオレンジジュースを注ぐ。

軽くステア《かきまぜ》して「どうぞ」と微笑むと、沙織は「わあ！」と歓声を上げて喜んでくれた。

「すごい。本物の桃が入っているファジーネーブルなんて贅沢！」

「何杯でも作りますよ」

逸流は適当に自分用にウォッカトニックを作る。

チラッと稔を見れば、ご機嫌な様子でウィスキーの水割りをカパカパと空けていた。

逸流は酒にとんでもなく強いが、逆に稔はとても弱かった。そのくせ自宅など気を張らずにいい場所では、自分が弱い事も考えずに飲んで酔い潰れる。

外では紳士然とした態度を崩さない稔の、本当の姿の一つだ。

（今日もこの様子なら、早々に酔い潰れてくれるな）

逸流はグラスの縁に差していたライムをギュッと搾る。鼻腔に広がる爽やかな香りを吸い込み、沙織に向かって微笑して自分も付き合いのためにウォッカトニックを飲んだ。

そのあと沙織は、随分逸流に気を許してくれたようで、甘いカクテルをコクコクと飲んでくれた。

時計の針が深夜の一時近くを指す頃には、稔はソファでいびきをかき、沙織もまたバーカウンターに突っ伏して眠っていた。

「………」

月のようにひっそりと笑った逸流の頭の中で、アリアが流れる。

モーツァルト『魔笛』第二幕。夜の女王のアリア『復讐の心は地獄のようにわが胸に燃え』。

「So bist du meine Vater nimmermehr.《お前はもはや私の父ではない》」

歌詞の一部を娘から父に変え、逸流は小さな声でアリアを歌う。

酔い潰れた父を肩に担ぎ、一階にある寝室に連れていく。

子供の頃は〝絶対に逆らえない、怖くて気持ち悪い父親〟だったのに、今は自分の腕で担ぐ事のできる、〝ただの中年変態オヤジ〟に変わっている。

「よい、しょ」

稔を寝室の奥のベッドに寝かせ、逸流は踵を返す。

バーカウンターで突っ伏したままの沙織を軽々と抱き、思わず笑みが漏れた。

「こんなに軽いのか。寝顔もなんて可愛いんだ」

歌うように言い、逸流は沙織の事も寝室に運ぶ。

こうする事は、自宅に帰った時から決めていた。

父は必ず酔い潰れると分かっていたし、沙織も酒に弱い事を知っている。義理の息子になった自分が優しく勧めれば、彼女は断れないだろう事も承知の上だ。

寝室のベッドで仰向けになった沙織を見て、逸流は激しい昂りを覚えた。

彼女を運んだだけなのに、もう下腹部が痛いほど張り詰めている。

口内に溜まった唾を嚥下し、逸流はまずポケットに入れていたネクタイで沙織に目隠しをした。彼女がもし稔に想像通りの事をされているのだとしたら、目隠《こう》しされるのは毎回の事だろう。絶対に許せない行為だが、今ばかりは逸流は目隠しを逆手に取って利用した。

緊張した手で沙織のブラウスに手を伸ばし、ボタンを一つずつ外していく。十一月に似合うグレーのニットスカートも、ウエストがゴムなので簡単に取り去ってしまう。

キャミソールと下着だけの姿にし、キャミソールの上からプツンとブラジャーのホックを外す。

その辺りで沙織が目覚めたのが分かった。

ハッと呼吸を詰めた彼女は、とっさに両手で胸元を覆い、自分の体を守る物がキャミソールと下着しかない事に気づいたようだ。膝も微かにすり合わせ、そこにスカートがない事を確認する。

（ごめんね、沙織さん。今は怖くて堪らないだろうけど、父への嫌悪を募らせるために利用させてもらうよ。大丈夫。抱くのは俺だから、何も問題はない）

心の中で優しく語りかけ、逸流はもとから稔に似ている声をさらに稔に寄せる。

「隣で逸流が寝ているから、声を出さないように」

逸流は沙織に、深い寝息を立てて寝ている父を自分だと思わせた。

あんなに大きな寝息を立てて寝ると思われるのも癪だが、今は仕方がない。

沙織は従順にコクンと頷き、堪らず逸流は彼女の頭を撫でた。

予想していた通り、沙織の髪の毛は絹糸のように滑らかで気持ちいい。指の間で梳き、形のいい頭を撫で、逸流は沙織を堪能する。

そしてキャミソールごとブラジャーを押し上げ、乳房を露わにした。

「……大きい」

夢にまで見た沙織の乳房は、薄闇の中でぼんやりと光っているように見えた。乳白色のまろやかな丘は大きく、その先端はまだ柔らかい。

逸流は両手で沙織の乳房を包み、柔らかな丘を撫で回し、揉んだ。掌に吸い付くようなしっとりとした肌を味わうと、自分の中で眠っていた牡が確実に目を覚ましていく。

今まで沙織以外の誰にも肉欲を抱かなかった逸流が、初めて女性の体に触れて興奮し、猛り狂っているのだ。

逸流は何万回も妄想した通り、丁寧に沙織の乳房を愛撫する。

「ン……」

乳暈を焦らすように何度も指先で辿り、やっと先端を擦った時に沙織があえかな声を上げる。勃ち上がった乳首を指でクニクニといじめ、摘まんで引っ張る。

沙織は明らかに感じ、膝を合わせて腰を揺らしていた。

稔に抱かれていると思われているのは不本意だが、今は稔に悪印象を与えるのが重要だ。

乳房を堪能したあと、逸流の手は平らなお腹を撫でて安産型の臀部に至る。

「だ……っ、だめ……っ」

沙織が小さな声で抵抗したが、構わずレースの白いパンティをねじり下ろした。

（綺麗だ……。可愛い……。肌がすべすべで、触ったら可愛い声を出す……）

逸流は暴走しそうになる自分を必死に抑え、沙織のむっちりとした太腿に手を執拗に這わせる。満足したあとに腹部から下腹部に手を滑らせると、フワフワとした可愛らしいアンダーヘアがある。

「いや……っ」

さすがに恥毛に触れられるのは抵抗があったのか、沙織が泣きそうな声を出した。

（ああ、可哀想。可哀想だね、沙織さん。でもあなたも俺を待たずにあの男を選ぶという失態を犯したんだから、少しは恥ずかしい目に遭って罰を受けないといけないよ。あなたがあいつに肌を見せているのは知っているんだ）

沙織は悪くないと一度は自分に言い聞かせたものの、逸流の心の奥には彼女をネチネチと責めていじめたい気持ちも混在している。

いつか彼女が過去の事を知ったとしても、その時の自分《おっと》は優しく包み込んであげる男でなくてはと思う。沙織と夫婦になった時、逸流は寛容な大人で、優しい男でなければいけない。

彼女に対して抱えている鬱屈した昏い思いは、こうしてベッドで晴らせばいいのだ。

――それが父と同じ道を辿っていると自覚せず、御子柴家の血の衝動のまま、逸流はいじわるに囁いた。

「息子に聞かれたいのか？」

逸流に脅され、沙織はぶんぶんと首を横に振る。

（ああ、可愛い……）

トロォ……とした悦楽を得た逸流は、堪らず沙織に覆い被さり彼女の唇を奪っていた。

「ン――」

くぐもった沙織の声が愛しくて堪らない。

ちゅ、ちゅと何度か彼女の柔らかな唇を味わい、次に上唇に下唇とついばむ。舌の先で唇のあわいを舐めると、「ぁ……、は……」と沙織の艶冶な声が漏れた。

沙織とのキスは実に甘美であった。

唇は柔らかくて甘く、小さくて臆病な舌すらも愛しい。彼女の口腔に舌を潜り込ませると、沙織はまるでファーストキスのように体を強張らせた。

呼吸も止め、ガチガチに強張って逸流に抵抗する事もしない。

（……やっぱり処女だ。沙織さんの初めては俺がもらう運命なんだ）

逸流の口元が、愉悦で微笑む。

くちゅ……くちゅと逸流は舌で沙織の口内を掻き混ぜ、彼女の歯列や口蓋などあます事なく味わう。

「ン……っ、ん！」

だが逸流の手が秘唇に触れて撫で上げると、沙織は体を硬くさせて抵抗しようとする。

「大丈夫だ。優しくするから」

安心させるように沙織の耳元で囁き、逸流は彼女のキャミソールとブラジャーを完全に取ってしまった。

生まれたままの姿になった沙織を見下ろし、彼は陶然とした笑みを浮かべる。

そしてたっぷりとした胸の果実にキスをし、可愛らしく勃ち上がった乳首に吸い付いた。

ちゅっとキスをするように唇で包み、そのまま顔を上下させて吸い立てたあと、舌でレロリと舐め回した。

「あゃ……ん、ぁ……。ぁ……あぁ……」

沙織の甘い声に興奮した逸流は、また指を花弁に滑らせた。

彼女はキスや胸への刺激だけで感じてくれたのか、そこはもうすでに潤っている。嬉しくなり、逸流は数度秘唇に指を這わせたあと、蜜口の場所を確認してゆっくり指を埋めていった。

「や、……だぁ……っ、私……っ、お願い、初めてなんです……っ。知っているでしょう？　お願い……」

「…………っ」

沙織の口から直接聞いた『初めて』の言葉に、あまりの歓喜で興奮が最高潮に達した。思わずそれだけで、勃ち上がった陰茎の先端から雫がトロリと溢れ、下着を濡らしてしまう。

彼女が愛しく、抱けるのが嬉しくて、逸流は下腹部を興奮させ顔を真っ赤にしていた。逸流もまた、多くの歪みを抱えていながらも、沙織に対してだけは純粋な想いを抱き続けた青年だ。

愛する女性の体に溺れ、逸流は彼女を感じさせようと指を蠢かせた。

「あぁ……」

柔らかく温かな膣肉に包まれた指を、奥の方まで挿入させてから、デリケートなそこを傷めないように優しく動かした。

陰核の裏側辺りを擦ると、沙織がビクッと腰を跳ねさせる。

(ここが感じるんだ)

嬉しくなり、逸流は丁寧にそこのみを指の腹で擦り続けた。

沙織は手で口元を覆ったまま、ハァ、ハァと呼吸を荒くさせてゆく。

彼女の蜜の量は増していて、沙織が逸流の愛撫で感じてくれている事を教えている。

「こっちを弄った方が感じるな」と呟き、逸流はまださやに包まれたままの真珠を攻め始めた。

「んっ……ぁ……」

そこに触れると沙織が明らかに気持ちよさそうな声を出し、逸流は安堵する。

陰核は男のペニスと同じような器官らしいので、やはりここも優しく丁寧に愛撫した。

蜜口から漏れた透明な粘液をまぶし、塗り込むようにして指の腹で捏ねていくと、沙織の平らなお腹がビクッビクッと震えて反応する。

「んあぁ……っ、ン、あぁん、ん、……それ、駄目ぇ……っ」

ついに艶めかしい声を出し、沙織は懸命に首を振って懇願しだした。

（感じてくれてる。嬉しい……）

沙織を愛撫しているだけですっかり興奮した逸流は、夢中になって沙織の蜜洞を暴いた。最初よりも柔らかくふっくらとほぐれてきたそこは、指を動かすたびにグチュグチュと淫猥な音を立てる。

（達ってほしい。俺の目の前で、俺の指で絶頂してほしい）

心の中はその思い一色で、逸流は沙織の乳首をしゃぶり、真っ白な乳房を円を描くように舐め上げ、愛撫に余念がない。

高揚した逸流は少し意地悪を言いたくなり、彼女を言葉で辱める。

「いやらしいな、沙織」

「っ…………！」

目隠しをされた沙織は両手を口元に当て、鋭く息を吸い込む。

「そうじゃないの」というように首を振る姿を見て、逸流の中に眠っていた嗜虐心がムクムクと成長し、大きくなってゆく。

「恥ずかしい事じゃない。私の手で感じるこの体は、とてもいやらしくて可愛い。理想の妻だ」

――そう。あなたは俺の妻になるんだ。

稔が沙織と結婚すると決めてから今日に至るまで、どれだけの期間があったのか分からない。だが普通なら手を出されてもおかしくない状況で、沙織は清らかな体のままだった。

間もなく角谷に行動を起こさせれば、彼女の体を知るのは永遠に逸流だけとなる。

(正式に俺の妻になってくれた時は、必ずあなたを幸せにし、全身全霊で正々堂々と守り、愛するから)

愉悦の籠もった笑みを浮かべ、逸流はこの短い間で沙織が反応を示した場所を執拗に探り続ける。

「っ！　あン……っ！」

沙織の腰がビクンッと跳ね、満足した逸流は空いた片手で彼女の太腿を撫で回した。

「一度指で絶頂しなさい」

そこから先、逸流は余計な事は考えずにひたすら沙織の愛撫に没頭した。

彼女が感じる場所を何度もしつこく擦り、時にぐぅっと指の腹で押す。親指で膨らんだ陰核を捏ね、さやから顔を出した真珠の表面を指の腹で優しく撫でる。

唇はわざと卑猥な音をさせ、ちゅうっ、ちゅぱっと沙織の乳首をしゃぶり、彼女を音でも恥じらわせた。

「んンーっ、ン、あぁ、……っ、ァ、ン、あぁあ……っ」

目隠しをされているからこそ、沙織は逸流の指や舌の感覚を鋭敏に拾い、音にも過敏なまでに反応している。やがて沙織の膣内がピクピクッと痙攣し、逸流の指をきつく吸い上げて奥に呑み込もうとした。

「ん、ンーッ!!」

沙織は両手で口元を押さえ、後頭部を枕に押しつけてのけぞる。

(凄い……。これが女性の〝達く〟なんだ。ナカがこんなに吸い上げて……)

ここに自分の屹立を埋めたら、さぞ気持ちいいだろうと思ってしまうと、もう後戻りはできなかった。ぐったりとした沙織の蜜壺から指を引き抜き、舐めたくて堪らなかったそれを口に含む。

(甘酸っぱい……)

沙織の味を口に含んだだけで、逸流の屹立はさらに大きく張り詰め、さらなる牝の蜜を欲した。

無言で逸流は服を脱ぎ始め、シャツを放ってズボンを下着ごと下げた。自身の亀頭に沙織の蜜がついた掌を擦りつけ、先走りと交じり合わせて、ニチャニチャと卑猥な音を立てる。ガチガチに強張った肉棒は、凶悪なまでに血管を浮き上がらせ、漲っていた。

(ごめんね、沙織さん。コンドームはつけない。あなたが父に絶望し、憎む要素が必要になるから。それにこれで俺の子供ができたとしても、俺は知っているし、俺とあなたの子供として育てていく。その時はきちんと、今日この夜あなたを抱いたのは俺だと、俺を恨まない言い方で秘密を明かすから)

「挿入《いれ》るぞ」

「え……っ、え、――――ええっ⁉」

宣言すると、沙織は狼狽えて起き上がろうとした。だが逸流は彼女の肩をやんわりと押し、安心させるように腹部をまるく撫でる。

「緊張していると痛むから、力を抜いて」

「え……、あの……、あの……っ、ぁ、ア……っ」

ここで彼女の動揺が落ち着くまで待っていたら、事を完遂できないだろう。

逸流は心を鬼にして、怖がる沙織の蜜口に亀頭を宛がい腰を進めた。

（あぁ……っ）

全身を舌で舐められたかのようなゾクッとする妖しい感覚に包まれ、逸流はこの上ない快楽を得る。

（気持ちいい……。沙織さんの中、熱くて、柔らかくて、ヌルヌルしていて、本当に気持ちいい……っ）

本当なら強引に奥まで挿入して遮二無二腰を動かしたくなる欲求を、逸流は強固な理性で押しとどめた。

沙織は歯を食いしばり、破瓜の痛みを懸命に堪えている。

膣圧も凄まじく、逸流の屹立が押し返され、なかなか奥に進めない。

「息をするんだ。……そう、ゆっくり吸って、……吐いて」

言葉で誘導すると、沙織は素直に深呼吸をしてくれる。

息を大きく吐いて膣圧が緩んだところで、逸流はゆっくり着実に男根を埋め込んでいく。ある程度まで埋まると、初めての時は奥まで入れなくていいと妥協した。

「……ぃ……たい……」

クスンと鼻を啜り、沙織が弱音を吐く。その姿があまりに可哀想で、逸流の胸に名状しがたい感情が沸き起こる。沙織の頭を撫で、とにかく優しくしてあげたくて堪らなかった。

「ん、痛いな。……しばらく動かないでおこう。……キスをしよう」

さっきも指であんなに膣内が柔らかくなった事を考えると、逸流がたっぷり沙織を感じさせてあげれば彼女も痛みを感じずに済むかもしれない。

「ん……ぅ」

逸流は丁寧に沙織の唇を舐め、何度かついばんだあと、舌を滑り込ませチュクチュクと彼女の口内を愛撫した。

だが沙織は稔に抱かれている事への抵抗があるのか、積極的にキスに応じようとしない。

(無理もないな。親子ほど歳の離れた関係で、恋愛結婚でもないんだから)

そう思うと、沙織が可哀想になった。

自分は〝御子柴逸流が七瀬沙織を抱いている〟という事実を知っているが、沙織は〝夫である御子柴稔に抱かれている〟と思い込んでいるのだ。

(すまない、沙織さん。なるべく痛くない初めてにしてあげるから)

詫びの気持ちを込めて逸流は丁寧にキスをする。それでも熱く泥濘んだ沙織の媚肉はキユウキユウと逸流を締め付け、動いてもいないのに気持ちよくて堪らない。

「……あぁ、締まる……」

キスの合間に思わずそんな声が漏れてしまい、逸流が息をつく。

しかし沙織は処女を守れなかった諦念からか、酷く落ち着いた、乾いた声で告げた。

「……するなら……。早く終わらせてください」

「…………」

――本当にすまない。

傷付いた沙織の声音に、逸流は傷付ける側の痛みを感じつつ心で謝罪した。

稔に悪印象を与え、自分が沙織の初めてを奪っておくためとはいえ、あまりに彼女の気持ちを無視しすぎた。こんな固い声を聞けば、彼女を滅茶苦茶に傷付けてしまったのを嫌でも知る。

(この罪は、俺が責任を持って一生背負っていく。だからあなたはあとで、〝夫の俺〟にたっぷり愛されて幸せになってくれ)

「分かった。そうしよう」

努めて義務的な声を出し、逸流はゆっくり腰を引き、硬い肉棒で彼女の蜜壺を掻き混ぜる。

沙織は苦しそうに、だがどこか感じている素振りを見せつつ呼吸を繰り返す。

けれど逸流の手が彼女の胸やお腹、太腿を這い、執拗に下腹を撫でたところでハッとしたようだった。

「あの……コンドーム……は、つけていますよね？」

——つけていないんだよ、沙織さん。

——本当にごめん。俺はあなたを傷付けてばかりだ。

——これから先、あなたが結婚したばかりの夫を亡くすのも、俺のせいだから恨んでくれて構わない。

逸流は喉の奥で小さく自嘲した。

沙織はその笑いを、稔が意図的に避妊具をつけずに沙織を犯し、喜んでいると取ったのだろうか。

（それで構わない。……でも俺は今、あなたを心から愛して抱く。もし気持ちいいと思ったなら、あなたの体は俺の愛を受け取った事になるんだよ）

そこから先、逸流は言葉を発さず沙織を愛した。

逸る気持ちを抑え、まだ硬さの残る沙織の処女肉をゆっくり穿つ。ぐちゅ、ぐちゅ、と蜜が攪拌される音がするたび、沙織は嬌声とも泣き声ともつかない声を上げた。

(沙織さん、感じて)

逸流は沙織の膨らんだ肉芽をまた愛撫する。

「あぁ……っ、いや、そこ……っ」

ビクンッと腰を跳ね上げ、沙織はきつく逸流を締め付けた。

「っ」

吐精してしまいそうになり、逸流は歯を食いしばって射精感を堪える。それでも指は丁寧に彼女の小さな真珠を撫で続け、沙織の白いお腹がビクビクと波打つのを見てうっすら笑う。

沙織の蜜はしとどに溢れ、二人の下生えはたっぷり濡れていた。

何度も何度も、小さくひたすらに腰を動かし、逸流は沙織の肉襞を亀頭で擦る。先ほど指で感じさせた場所を突き上げると、沙織は「っあぁあぁ……っ」と哀れっぽい声で啼いた。

――俺は今、夢に見た美しい楽器を奏でている。

――沙織さんを自分のものにして、好きなように啼かせているんだ。

悦楽にまみれた逸流はバイオリンを弾くかのように、沙織の感じる場所を探り、押さえては指を震わせる。

――ひと日、わが精舎《しょうじゃ》の庭に、

――晩秋《おそあき》の静かなる落日《いりひ》のなかに、

――いとほのにヴィオロンの、その弦《いと》の、

――その夢の、哀愁《かなしみ》の、いとほのにうれひ泣く。

頭に思い浮かんだのは、北原白秋の詩集『邪宗門』にあった『謀叛』だ。

子供の頃に自宅の書庫にあった全集を読み、〝豊麗な言葉の魔術師〟と言われた北原白秋に魅了された。

その中でこの『謀叛』があまりに美しく、内に孕んだ静謐《せいひつ》な狂気に少年の逸流は心惹かれた。

そして父から沙織との結婚を聞かされた時、パッと思い浮かんだのはこの詩だったのだ。

――俺は謀叛を起こす。

――父に反逆し、自分が愛したバイオリンを掻き鳴らし、罪の道を進むのだ。

――その果てに何も残っていなくても、沙織さんさえいてくれればそれでいい。

「あぁあ……っ、あぁ、んーっ、あ、……ン、あぁ……っ」

逸流の腕の中で彼だけのバイオリンが啼いている。

(あなただけだ。他のすべてを焼き尽くしても、俺はあなたさえいればそれでいい)

潤った沙織の蜜洞をジュブジュブと男根で突き上げ、逸流は感情が高ぶったあまり涙を流していた。

——十一年間想い続けた女性をやっと抱けた歓び。

——これから本当に父親を捨てる覚悟。

——誰も逸流を糾弾する者はいないだろうが、肉親を捨て愛する女を択《と》った事への最後の罪悪感。

すべての感情を、涙に変えた。

(こうやって泣くのは、これで最後だ。俺はこの夜から変わるのだから)

「あっ、あっ、あっ、……んーっ、あ、あぁっ、ア、あぁああっ」

沙織は両手で口元を覆い、か細い嬌声を必死に堪えている。

その姿を見て、逸流は自分が子供という名前の蛹から、大人の男という成虫へ羽化するのを感じた。

「……っン！　——んぅーっ……!!」

グスグスと泣きじゃくり胸元で激しく呼吸を繰り返した沙織が、背中を丸めてのたうち回ったかと思うと、蜜壺を激しく収斂させて絶頂した。

「——っぁあ…………」

——達ってくれた。

無上の喜びを感じた逸流は、この上ない多幸感を覚え、沙織の中で欲棒を膨らませる。

沙織の胎内に遠慮なくドクドクと白濁をまき散らし、愛する女を征服する随喜にまみれた。

（これで……。沙織さんは俺のものだ）

あまりの気持ちよさに頭の奥がボーッとし、逸流はしばらく射精したまま目を閉じて放心する。その頬を、ツゥッと涙が流れていった。

汗が引き始めた頃合いで意識を現実に引き戻すと、沙織は初めてのセックスで絶頂し、気絶してしまっているようだ。

息をつき、逸流は隣のベッドで平和に寝ている稔を見て口端をつり上げる。

「この女は俺のものだ」

宣言し、逸流は服を着て沙織の体も清拭すると、彼女に元通り服を着せた。

布団を掛け、「おやすみ」と彼女の額にキスをする。

（……沙織さんに俺の物だっていう印をつけたいな。キスマークとかじゃなく、もっと彼女が気づいてはそのたびに自覚するような……）

静かに寝室を出て、逸流はワインクーラーから気に入りのワインを出すと、それを手にリビングのカウチソファに腰掛ける。

ふと、自分がいつもつけているジョン・アルクールのウッド&ベルガモットのラストノートに気づき、表情が明るくなる。

「香りを贈ればいいんだ。化粧品もそうだし、いずれ服も、身につけているものはすべて俺が贈ればいい」

うっとりとした顔つきになり、逸流はジョン・アルクールのラインナップから何の香りが沙織に似合うか考え始める。

「甘くて妖艶な香りがいい。沙織さんに似合う、優しくて温かみのある甘さ。そして夜に香りが立ち上るような……」

思い浮かんだのは、一面の月下香の白い花畑だ。

チューベローズは夜に強く香る事から、月下香の名前がついた。その香りに酔って男女が深い仲になってしまう事もあり、海外では夜に月下香の近くを通らないように娘にきつく言い聞かせた……などの逸話もあるそうだ。

花言葉は『危険な快楽』『危険な関係』――。

「ちょうどいいじゃないか。危険を伴ってこそ、大きな快楽があるし成功がある」

重厚なフルボディの赤ワインの香りを楽しみ、逸流は目を閉じて自分の内なる世界に響く交響曲に耳を傾ける。

気が付けば逸流は沙織を抱いた興奮のまま、暗いリビングで一人ワインを傾け、ドヴォルザークの『新世界』を口笛で吹いていた。

＊＊

『逸流か？　稔が交通事故で亡くなった。すぐに帰国しろ』

祖父から電話が掛かってきたのは、それから半年ほどしてからだ。

――ハレルヤ！

逸流は笑い出したくなるのを必死に堪え、驚きと悲しみを最大限に演じてみせた。

「すぐに帰国の手はずを整えます。お義母さんは？　ショックを受けているでしょう」

沙織の事を気遣うと、彰史も暗い声になる。

『籍を入れて半年だからな。……沙織さんには申し訳ない事をした』

「お祖父さんだとお義母さんも気を遣うでしょうから、俺に任せてください。一番歳が近いですし、警戒されず支えられると思います」

『ああ、分かった。……ところで逸流。話はまったく変わるが、〝フル・オブ・ラブ〟というのはお前の会社か？』

いきなり予定外の事を言われ、逸流は瞠目する。

「……ええ。黙って起業してすみません。よくお調べになりましたね。ですが俺も自分の力を試したかったんです。今のところすべて順調です。御子柴の管轄外でもきちんとやれる男だという事を、自分自身で証明したかったんです」

『そうか……。いや、知り合いから〝パーティーでリチャード・エドワーズ氏に会ったら、御子柴のご令息で驚きました〟と連絡があってな。お前は大人しい子で何を考えているかよく分からなかったが、こうして大層な結果を無言で出す子だったんだな』

祖父の声は、実子の稔より、孫である逸流を誇りに思う感情に溢れていた。

逸流から見ても、稔は会社の経営をなんとか落とさないように必死だった。それでもネットでは『最近のＯＧの方向性はどこかおかしい』と言われ、世間の人も稔の経営手腕に疑問を抱いているようだ。

（これで俺が社長になっても、反対する者はいないな。誰だって目に見える成果があれば、俺に実力があると思わざるを得ない）

フル・オブ・ラブは沙織のために作った会社だが、これから逸流がＯＧの代表取締役社長兼ＣＥＯにすんなりと就くための布石でもある。

「これから支度をして、すぐに日本に向かいます」

『頼む』

日本では夕方頃。イギリスでは朝の通勤時間帯だ。

「それではまた、あとで」

電話を切ったあと、逸流はスマホをベッドに向かって投げつけ、自分もダイブした。

体を酷く震わせたあと、仰向けになって「あはははははは!!」と哄笑する。

ベッドサイドにあったリモコンを掴み、丁度昨晩エンドレスリピートで聞いていたCDを流す。

ベートーヴェン交響曲第九番第四楽章『歓喜の歌』。

喜びを歌い上げる音色に逸流は喜色を浮かべ、自分と沙織が稔というくびきから解き放たれた事を感謝した。

沙織という女神に出会い、鬱屈とした人生を変えられた逸流は、謀叛を起こし己の傲慢さを貫き通した。

「Küsse gab sie uns und Reben, Einen Freund,《口づけと葡萄酒と死の試練を受けた友を》 geprüft im Tod;《創造主は我々に与えた》 Wollust ward dem《快楽は虫けらのような》 Wurm gegeben,《弱い人間にも与えられ》 und der Cherub steht vor Gott.《智天使ケルビムは神の御前に立つ》」

朗々としたドイツ語で歌い、逸流は音楽に合わせて指揮者《コンダクター》のように手でCommon time《4分の4拍子》を刻む。

長い腕が空を切り、目を閉じた逸流は陶酔しきった顔で見えないオーケストラに指揮をした。

脳裏には沙織との甘い生活が浮かび、自然と口元には笑みが浮かぶ。

——うまくいった。

——これでやっと俺の邪魔をする者はすべて消えた。

ヨーロピアンのインテリアが揃った寝室に、誰もが知る交響曲が響き渡る。

合唱団の声も、弓を揃えたバイオリンも、高らかに歌うトランペットも、腹の底に響くティンパニーも、鼓膜を震わせるシンバルも、何もかもが逸流を祝福していた。

「Froh, wie seine Sonnen fliegen Durch des Himmels prächt'gen Plan,《神の計画により太陽が喜ばしく天空を駆け巡るように》 Laufet, Brüder, eure Bahn, Freudig, wie ein Held zum Siegen.《兄弟たちよ、自らの道を進め英雄のように喜ばしく勝利を目指せ》」

——日本で待っていて、沙織さん。

——あなたを迎えに行きます。

——俺の、運命の女性《ファム・ファタル》。

生き延びた角谷には手厚い待遇をし、沈黙を守らせるために大金を渡した。

本当ならフィンチェスターを卒業してすぐ帰国したかったが、〝フル・オブ・ラブ〟で新しくフレグランスの生産ラインを増やす事にし、どうしてもイギリス本社で仕事をしなければいけなかった。

調香して新しい香りを生み出すには、研究室《ラボ》で混ぜ合わせればいいだけだ。だがそれが逸流が納得するだけの〝商品としての香水〟〝沙織が喜んでくれるいい香り〟になるまで、一年がかかった。

かくして逸流は沙織に自社の香りを纏わせ、満足する。

予定より帰国するのが延びたのは辛かったが、沙織を形作るものの一つである〝香り〟

を作って手土産にしたので、後悔はない。

彰史にも帰国を延ばした本当の理由を話し、「仕事ならしっかりやってこい。私はもう少し現場を頑張ろう」と背中を押されたので、きちんと第一弾のフレグランスを発売する事ができた。

沙織にフル・オブ・ラブが逸流の会社であると打ち明けないのは、逸流らしくまた〝タイミング〟を待っているからだ。

一番決定的な、沙織と彼女の母が喜んでくれる瞬間を見定め、その時に教えるつもりだった。

しかし思い通りにいかない事もある。

帰国して沙織に迫るたび、彼女は稔という亡き夫を思い懊悩していた。悩ませて申し訳ないなと思うが、一度壊れた逸流は「一緒に堕ちてほしい」とすら願っていた。

怒濤の愛で押し流して、沙織が逸流の事しか考えられなくなるように、彼はジワジワと、時に激しく迫る。

やがて祖父に沙織との結婚の許しをもらう時に、逸流は父がひた隠しにしていた性癖も暴露した。

逸流は沙織と一緒に祖父母の家を訪れる前、一人であらかじめ彼らと会っていた。

「今まで言えなかったのですが、父には特殊な性癖がありました。女性に目隠しをし、辱める趣味です。俺はそれが理由で、ご存知の通り潔癖症になりました」

逸流の告白を聞いて、祖父母は愕然としている。

「何て事……！　逸流、可哀想に……」

逸流の手をいつも心配していた祖母が悲鳴のような声を上げ、祖父も苦々しい顔をしている。

「夫婦の問題とはいえ、愛美さんは私と親交の深い、友人のお嬢さんなのに。稔の奴……」

「父は沙織さんを金で脅し、無理やり迫りました。沙織さんは父に逆らえず、オフィスでも淫らな事をされていたようです」

「あいつ……っ！」

彰史は今にも血管が切れてしまいそうに、赫怒《かくど》している。

祖父にとって会社は聖域だ。それを汚すような真似をした存在は、実の息子であっても許さないだろう。

稔が〝事故死〟して、逸流はすぐに父のパソコンやスマホのデータを検めた。

そこから出てきたのは、予想していた、耐えがたい事実だ。

逸流と彰史がどれだけ怒っても、稔はもう骨になり墓の下だ。祖父は行き場のない怒りを、拳を震わせて必死に堪えている。

そして逸流は事実を歪め、より稔を悪党にする事を躊躇わない。

「ですが沙織さんの事を責めないでください。彼女は被害者だ。父に金で結婚を迫られ、年齢差がある上に変態趣味を押しつけられた可哀想な人です。むしろ彼女に訴えられないように、今後も御子柴家は沙織さんを大切に扱っていく必要があります」

逸流の訴えに、彰史は「……そうだな」とうなる。

逸流は祖父を操れた事に内心ほくそ笑み、顔では弱々しい笑みを浮かべてみせる。

「俺にとって沙織さんは唯一〝汚い〟と思わない存在なんです。十歳の時、軽井沢で彼女に会い、恋をしました。彼女と過ごしている時だけ、俺は潔癖症の事も忘れられます。……どうか俺と沙織さんの結婚を許してください。相手が沙織さんでなければ、俺は一生独り身を貫きます」

逸流の申し出に、祖父は黙り込む。

祖母はショックを引きずりつつも、孫のロマンチックな恋愛に「純粋で素敵じゃない」と乗り気になっていた。

「だが沙織さんの気持ちはお前にあるのか？　稔がどういう男であったかはともかく、彼女は夫を喪って間もないだろう」

「付けいるような事はしていません。この数年、俺は離れていてもテレビ電話などでずっと沙織さんを支えていました。彼女も俺を頼りにしてくれたようですし、心の交流はあったと自負しています。問題は彼女の未練だけでしょう」

彰史はしばらく、五十畳はあるリビングダイニングから日本庭園を眺めていた。

「……いいだろう。一族には私から言い含めておく。沙織さんの祖父母が朝比奈さんである事を考えれば、ＯＧにも何らかの利益はあるだろう」

「はい」

まっすぐに背筋を伸ばして座り、逸流は綺麗に微笑む。

この祖父は家族の愛情よりも、何より家と会社の事を一番に考えているのも分かっている。

逸流が国外に会社を持っている事で、祖父の中で孫の存在は重みを増した。加えて潔癖症を患っている事で、沙織以外の女性は駄目だと言えば、跡継ぎの問題を考えて承諾せざるを得ないだろう。

ロマンチストな祖母は、「子供の頃から純粋に想っていた」と言えば賛成してくれると分かっている。

すべて計算の上で、逸流は沙織との結婚を推し進めた。

そして晴れて逸流は沙織を妻にし、忌まわしい稔との結婚指輪を葬り去ったのだ。

沙織との新婚生活は、稔の影との戦いで構成されていた。

だが逸流が放置しておいた種はスクスクと育ち、沙織から稔への情を断ち切ってくれる材料になってくれた。

父の耐えがたい性癖そのものが、沙織に稔への嫌悪を持たせる。

稔が密かに撮っていた沙織の動画は、亡き夫への未練を断たせる起爆剤となった。


そして時が経ち、現在の九月某日・敬老の日。

逸流は沙織と一緒に彼女の両親、互いの祖父母と食事会をして贈り物をした。

その日に逸流は、自分が過去に軽井沢で沙織と、彼女の祖父母と出会っていた事を公表した。

加えて当時の沙織の言葉から影響を受け、「好きな人の役に立てる男になりたいという一心で、化粧品会社を作った」と告白し、沙織の母と祖母に改めて〝フル・オブ・ラブ〟の化粧品をプレゼントする。

事情を知っている者も初耳の者も、逸流の一途な想いを微笑ましく聞き、彼の努力を讃えた。誰一人として逸流をストーカーと扱わず、〝初恋の人と偶然再会し、二人で悲しみを乗り越えて結婚に至った、運命の人〟と捉える。

帰宅し、沙織がすでに眠っている静かな家の中、逸流は和室の仏壇前に座っていた。

「……ありがとう、父さん。あなたに心からの礼を言います。あなたが人として尊敬できない人だったから、俺はあなたを自分の人生から切り捨てられた。あなたの性癖が決定的な証拠を残していたから、沙織さんはあなたへの未練を断ち切れた。……何もかも、あなたのお陰ですよ。父さん」

稔の生前は儀礼的にしか礼を口にしなかったが、今は心からの感謝を口にしていた。

「……美味い」

沙織が生まれた年のワインを開け、逸流は父の遺影を肴に一人晩酌を楽しんでいた。

# 終　章　Grand finale《グランド・フィナーレ》（夫に愛された幸せな新妻）

「今日も一日、お疲れ様でした！」

逸流は社長として、沙織は社長夫人兼秘書として一日を終え、自宅の食卓でワイングラスを合わせていた。

今日は北海道の厚岸《あつけし》から取り寄せた大きな牡蠣がメインだ。少量の水をフライパンに入れて蒸したあと、二人で楽しく話しながらオイスターナイフを使って殻を開ける。

ブリンとした大ぶりな牡蠣にレモンを掛け、沙織は「美味しい！」とうなりながら何個も食べた。

噛むと海のミルクと言われているのに頷ける、濃厚でクリーミーな味わいを堪能できる。

逸流が選んでくれた白ワインは、酸味抑えめでボディ《コク》もあり美味しい。

沙織は今までワインの知識がなく敬遠していたが、逸流が食事のたびに選んでくれる物を飲み、どんどん好きになっていった。

「明日のクリスマスランチは、十二時にホテル入り口だっけ?」

「うん。お父さんとお母さんも、お祖母ちゃんたちと仲直りしてくれて良かったなぁ。結婚する時に逸流が『沙織さんのために、どうか仲直りをしてください』ってお願いしてくれたからだよ」

「そんな事はないよ。みんな沙織が大切だから、仲直りしようと思ったんだろうし」

「そうかな? ……だったらいいな」

祖父母に会うたびに、彼らは遠回しに両親の健康を気遣っていた。母もまた、祖父母に会ってきたあと、さりげなく祖父母の様子を聞いてきた。

互いの様子を気にしているのに決して直接会おうとしない姿を、沙織はずっと歯がゆく思っていた。

第三者で大企業の社長という逸流が正面切って頭を下げ、「沙織さんと本当の意味で幸せになるため、どうか僕に免じて仲直りをしてください」と言ってくれたからこそ、祖父母も両親も「じゃあ会ってみようか」という気持ちになったのだと思う。

「本当に逸流と出会ってから、私のすべての運がいい方に転がり出した気がする」

「大げさだよ。確かにいい夫であろうとは思うけどね」

静かに微笑む夫は、今日も麗しい。

逸流は社長としての経営手腕は言う事がないし、ルックスについては社内にファンクラブができるほどだ。夫としてはいつも優しくて微笑みを絶やさないし、沙織を一番に考えて大事にしてくれる。

キッチンに立って沙織に美味しいご馳走を作ってくれる事もあるし、家政婦が休みの日は沙織と一緒に家事もしてくれる。

間違いなく、文句なしのスパダリだ。

「私、逸流が『この人を奥さんにして良かった』って思ってくれるように、精一杯頑張るね」

意気込むと、逸流がクスクス笑った。

「そんなに頑張らなくていいよ。俺は沙織がどんな奥さんでも、心の底から愛して大事にする。それはこの先一生変わらない」

「もぉ……。逸流は私に甘いんだから。甘やかされっぱなしだと、私どんどんだらしない人間になっちゃう」

「俺がいないと生きていけない沙織になって」

目の前で逸流が甘やかに笑い、彼の冗談に沙織も思わず笑う。

「十分なってるよ」

美味しい牡蠣をペロリと食べ尽くしたあと、酔いが醒めるまで逸流と一緒にテレビを見て、風呂に入った。


「沙織」

「ん……？」

就寝時間になり、キングサイズのベッドで目を閉じていると、隣にいる逸流が声を掛けてきた。

「しよう？」

ストレートに言われ、ドキンッと心臓が跳ね上がる。

「す……するの？」

「したい。……今晩食べた牡蠣って、男性に精力増進の効果があるって知ってた？」

「し、知らない！」

美味しく食べた牡蠣にまさかそんな意味があったとは知らず、沙織は真っ赤になる。

逸流は笑いながら起き上がり、沙織の上に馬乗りになった。

「沙織の事も食べさせて」

ちゅっとキスをされて逸流の唇の柔らかさを味わうと、脳髄のどこかが甘くとろけて正常な判断ができなくなってしまう。

「あ……、ン……」

はむ、はむ、と何度も唇を食まれ、互いの唇を軽く吸い合う。やがて伸びた舌がちょんと触れ合い、次第に深いキスになってゆく。

「ん……、ン……」

逸流の舌を味わっているだけで、下腹部に疼きを覚えた。

彼が纏う官能的な香りが鼻腔に入り込み、女の本能を呼び覚ます。気が付けば沙織は両手で逸流のTシャツを摑み、懸命に舌を絡ませていた。

クチュクチュと淫らな水音を立てるあいだ、逸流の腰はパジャマ越しに昂りを押しつけてくる。

沙織のパジャマは、キャミソールにタップパンツだ。その薄い布越しに、スウェット生地を押し上げた逸流の熱を感じ、羞恥と期待が高まってゆく。

「ん……」

胸の膨らみに手を這わされ、ベビーピンクのシルクサテンの上で逸流の掌がまぁるく動く。揉むまではいかないが、掌で撫で回されて沙織の乳首がキュッと勃ち上がった。

舌の付け根までぐちゅりと口内を掻き回され、勃起した乳首を薄布越しにカリカリと引っ掻かれる。

「んぅ……、んぁ……、あ……」

ムズムズとした搔痒感に体をくねらせ、沙織は自ら甘えるように逸流に抱きついた。

沙織の舌をチュクチュクと吸い上げ、逸流はもう片方の手で太腿を何度もさする。すでに脚を開いていた沙織は、時折ピクンッと腰を跳ねさせつつも、夫の愛撫にたゆたうような悦楽を得ていた。

「沙織、ばんざいして」

キスを終えた逸流に言われ、沙織は素直に腕を上げる。

キャミソールを脱がされてタップパンツをパンティごと引き下ろされ、ふと稔に抱かれた夜を思い出す。

「どうかしたか?」

浮かない顔をしていたのに鋭く気づいた逸流が、沙織の髪を撫でてくる。

「……ううん。ただね、あの夜私を抱いた相手が、逸流だったら良かったな……って思ってしまったの」

諦念の微笑みを浮かべて夫を見上げると、――彼はその美貌に深い笑みを湛えていた。

「じゃあそう思うといいよ。場所も同じだし、俺はよく父に声が似ていると言われていた。俺の声が嫌いじゃなければ、嫌だと思ったあの夜の記憶を塗り替えるんだ。古い記憶は新しい記憶で上書きして、幸せな事だけ考えて生きればいい」

前向きな夫の言葉に沙織は勇気づけられた。

「そうする。私にすべてを忘れさせて。すべての思い出を逸流で一杯にしたい。私が今まで味わった苦しみや辛さは、すべて逸流との幸せのための布石だったと思わせて」

「おやすい御用だ。世界で一番、俺以上に沙織を愛する男はいない。俺を想ってすべてを委ねたら、最高の幸せと快楽を得られるよ」

——あぁ、なんて慈しみに満ちた素晴らしい夫なんだろう。

幸せで堪らない沙織は、逸流の首を抱いてさらなるキスを求めた。

舌と舌が絡み、大きく張り出た沙織の乳房が逸流の胸板でひしゃげる。彼の手によってスルスルと二の腕や体の側面を撫でられると、それだけでゾクゾクして堪らない。

まだ秘部に触れられていないのに、そこが潤って蜜を零しているのが分かった。

「沙織、世界で一番可愛い。美しい、俺の妻……」

大事そうに、世界で一番価値のある宝物に触れるかのように、逸流の手が沙織の体を愛撫する。触れてはなぞり、まろやかな肌質を確認するかのように掌でさすり、名残惜しそうに親指が滑ってゆく。

「あぁ……」

フワフワとした心地に、沙織は幸せな吐息を零す。

不意に逸流が枕を掴み、沙織の腰の下に挟んできた。太腿を開かれ、浮き上がって角度を得た秘部に視線を感じて、またタラリと下の唇から涎が垂れる。

「俺だけの場所だ……」

沙織の下腹部――いずれ二人の子供が宿る場所に口づけ、逸流が陶然とした声を出す。まだいとけない肉芽にちゅっと吸い付かれ、沙織の腰が浮き上がった。

逸流は何度も肉芽にキスをしたあと、舌の平らな部分を秘唇に押しつけてくる。

「あ……っ、ン……」

ビクッとして引きかけた腰を摑み、逸流は沙織の脚を大きく広げてその中心部に顔を埋めた。たっぷりと唾液をまぶした舌で沙織の秘唇を舐め、何度もクレバスに沿って舌を上下させ、蜜と唾液を混ぜ合わせる。

「うン……っ、ン、ぁ……っ、いつ、――るっ」

早くも堪らなくなった沙織は、両手で逸流の髪を掻き回し切なげな声を上げた。もっとしてほしいような、この辺りでやめてほしいような、毎回彼に愛撫されるとそんな相反する感情に支配される。

「んあぁ……」

けれど彼の舌が伸ばされて蜜口に侵入すると、弛緩した声が出て意識の輪郭がまたとろける。

腰を押さえていた逸流の手が伸び、沙織のむっちりと張り詰めた胸の果実を揉みしだく。果汁を搾り出すかのようにきつく揉んだかと思うと、尖った先端を繊細にくすぐられる。その落差に沙織は理性を崩され、やがて本能の声を上げ始めた。

「やぁあ……っ、胸、そんなにしないで……っ、下も……そんなに奥まで入れたらやぁ……っ」

次々に溢れ出る蜜を、逸流はズジュッ、ズルッとはしたない音を立てて啜る。体が燃え上がるように熱くなり、沙織は恥ずかしくて何度も首を左右に振った。

時折、思い出したかのように逸流は勃起した肉芽を吸い、軽く歯を当ててくる。それと同時に乳首の先端をカリカリと引っ掻くものだから、沙織は悲鳴に似た嬌声を迸らせた。

「っダメぇええ……っ、あぁ、そんな……っ、お願い……っ、おねが――、ん、ンーっ！」

仕上げに充血した真珠にチロチロと舌を這わされ、沙織は逸流の頭をぐぅっと両手で押し返して絶頂した。

「ふぅ……、ぁ……、ン……。……ま、待って……」

ポーッとしているのに、逸流は体勢を変えて沙織の乳首に舌を這わせる。グルリと乳暈を舐め、勃起した乳首を嬲る。

ぐずついた蜜口に彼の指先が押し当てられ、すぐに中を暴いてきた。

「あぁあーっ！」

少し待ってと言ってもやめてくれない夫に、沙織は不満げな、けれど快楽にまみれた声を上げる。

逸流の指は柔らかな膣肉を擦り、すぐに沙織が善がる場所を探り当てた。そこをクチュクチュと小さく擦られるだけで、沙織は大げさなまでに腰を跳ね上げお腹を波打たせる。

「ダメ……っ、ダメ！」

鋭い声を上げてとっさに逸流の手首を摑んだが、顔を上げた夫が蠱惑的な目で見つめてきた。

「どうして駄目なんだ？　こんなに濡れて俺を欲しがってるのに」

同時に弱点をトントンとノックされ、親指で肉芽を捏ね上げられた。

「っあぁあっ！　……っか、――感じるからっ、だ、……めっ」

訳の分からない言葉を発し、沙織は腰をくねらせて必死に襲い来る波濤から逃れようとする。

「感じるならいいだろう。夫に抱かれて素直に感じられる沙織は、いい妻だよ」

サラリと頭を撫で、逸流が沙織を褒めてくる。

「だ……っ、駄目なの……っ、か、感じたら……っ」

先ほど稔の事を口に出したからか、沙織はあの夜の事を思い出してしまう。

「感じたらどうして駄目なんだ？　全部俺の前で曝け出してごらん。俺は夫だから、沙織のすべてを受け入れる」

慈愛の籠もった目に見つめられ、沙織は心のダムを決壊させた。

「あの夜……っ、稔さんに処女を奪われた夜。私、気持ちよくて何回も達ってしまったの。

「……だからっ、逸流に申し訳なくて……っ」

涙を零して懺悔した沙織は、呆れられるかと思い両手で顔を覆った。

溜め息や不満が聞こえるのかと思えば、次に沙織が味わったのは突き抜けるような鋭い淫悦と自分の達き声だった。

「っあぁあぁあぁ……っ!!」

グチュグチュと媚壁を擦られ、親指の腹で顔を出した真珠を擦られて、沙織はあっけなく絶頂していた。

また意識が高くて白い場所に飛ばされ、現実が曖昧になる。

そこに、耳元で逸流の声が囁かれた。

「あの夜沙織を抱いたのは、俺だったんだよ」

――あぁ。

逸流の言葉を聞き、沙織の心の奥底でピチャンと水滴が落ち、波紋を作っていく。

絶頂の波間を漂っている意識に、夫の声がスルリと入り込む。

「あの夜、隣で寝ていたのは父で、沙織を抱いたのは俺だった。目隠しをしたのは、沙織を抱いたのは父だと思わせるためだ」

低く、聞いていて心地いい声が沙織の心の深層に届く。

「ど……して……」

「沙織の初めてを、どうしても俺が奪いたかった。だって俺の方が沙織の事をずっと先に見つけて、愛していた。俺が沙織をもらうのは当たり前の事だろう?」

長年の想いをぶつけられれば、沙織も逸流の気持ちを否定できない。

「そう……だけど……」

「ごめん。ああやって騙して、沙織が父を嫌いになればいいと思った。沙織を俺のものにするために、俺は酷い嘘をついて沙織を傷付けたんだ。……本当にすまない」

逸流の悲しそうな顔を見て、沙織は堪らなくなった。

両腕でしっかりと彼を抱き締め、首を横に振る。

そして堪らなく愛しい夫に向かって、心の底から笑みを浮かべた。

「……あのね。そうじゃないかって思っていたの」

「――――」

逸流が息を呑み、ギクリと体を硬直させたのが分かった。

そんな夫の髪をサラリと撫で、沙織は慈愛を込めて微笑む。

「……だって逸流、いつもいい匂いがしたんだもの」

「っ……」

顔を強張らせた逸流に、沙織は安心させるように何度も首を横に振り、彼の髪や肩、背中を撫でる。

「就職活動の時の金髪さんも、稔さんと籍を入れたばかりの時に会った逸流も、同じウッド&ベルガモットの香りがした。……お気に入りだもんね？」

珍しく、逸流は顔色を失っているように思えた。きっと彼は沙織が気づいているなど思わなかったのだろう。沙織も「自分の勘違いかもしれない」と思っていたので、あえて口にしなかった。

だが今、決定的な言葉を逸流の口から聞けて、胸にドッと安堵が広がった。

「『もしかしたら』って思っていたの。でも間違えて逸流を失うのが怖かった。世界的なブランドだし、誰かの香りが混ざっていたのかもしれない。結婚式の翌日、一緒にエッグベネディクトを食べた時、ちょっとカマを掛けてみたけど、逸流は何も反応しなかった。だから違うのかな？　って思ってたんだけど……」

言葉を途切れさせた沙織の肩に、逸流が不安げに手を乗せる。どうしてか、逸流の手はブルブルと震えていた。

（変なの。逸流が震えるなんて似合わない）

沙織は勇気づけるように逸流の手に自身の手を重ね、スリスリと頬ずりをする。

そして歓喜の涙を零し、笑顔で逸流に抱きついた。

「良かった……っ。私、逸流を裏切ってなかった……っ」

しゃくり上げる沙織を、逸流はまだ震える手でなんとか受け入れる。

「……怒って、……ないのか？」

怯えたような声に、沙織は「何を言っているの？」という顔で返事をする。

「怒らないよ！　教えてくれてありがとう……！」

すると逸流は呆然とした表情から、安堵したようにゆっくり微笑んでゆく。

「逸流……。私、もう何の躊躇いもなく逸流を愛せる気がするの。……お願い、来て」

潤んだ目で夫を求める沙織の唇に、「分かったよ」と逸流がキスをした。

「入れるよ……」

熱く昂った屹立に手を添え、硬い亀頭が蜜口に押し当てられる。少し緊張してコクンと頷くと、ぐぷ……と淫刀がその刀身を蜜鞘に収めてきた。

——まるでここが帰ってくる場所だと言わんばかりに。

「う……、ん……」

彼の大きな欲の化身を呑み込むのは、少し苦しい。最初に彼に教わった通り、沙織は意識して深呼吸をした。

あの夜も、逸流は初めての沙織が痛まないように優しく接してくれた。

——嬉しい。

——良かった。

——この身を捧げられたのが、逸流だけで本当に良かった。

優しい夫に心から感謝し、沙織は情欲を瞳に宿した逸流を見つめる。

逸流の欲も、隠している狡い感情も、何もかも受け入れたい。そう思い、下腹に力を入れてキュッと夫を包み込んだ。

太竿がヌルル……と膣内を進み、やがて先端が最奥に辿り着く。

「んうぅ……っ」

思わずうなって唇を舐めると、自分の汗の味がした。

「沙織、愛してるよ」

「私も、心から愛してる」

見つめ合って愛の言葉を囁き合ったあと、逸流が腰を動かし、雁首が見えるまで肉竿を引いてから、またぐぷぷ……と奥へ押し込んでくる。

「んぅーっ、あぁ……っ」

体いっぱいに逸流を感じ、沙織は悩ましい声を上げ彼を締め付けた。

何度もその動きは繰り返され、まるで逸流が自分の体に沙織の蜜を塗り込んでいるかのようだ。

やがてたっぷりと蜜を纏って肉棒が潤うと、逸流の腰の動きが次第に速くなってくる。

ぐちゅっぐちゅっと蜜洞が肉竿を頬張る音がし、沙織は最奥まで亀頭を叩き込まれ脳髄に淫楽の波長を刻まれる。

「あぁあっ、あ、あんっ、んーっ、ン、ぁああっ、んぁあっ、あぁっ」

縦横無尽に突き上げられ、逸流に征服される事に無上の喜びを覚える。揺れる乳房を捏ねられ先端を引っ掻かれると、沙織は小さな悲鳴を上げた。

潤沢な蜜は泡立つような音すら立て、逸流が腰を叩きつけるたびに沙織は小さな絶頂の波に攫われる。

「沙織……っ、さおり……っ」

熱の籠もった声で妻の名前を呼び、逸流は沙織の両脚を肩の上に担いだ。そしてズンッと深くまで突き上げて、最奥をねりねりと亀頭でいじめてくる。

「っきゃあぁ……!! それ、や……っ、ぐりぐりしな……っ、ぁアあっ」

「沙織、もう感じる事に後ろめたさを感じなくていいんだ。沙織を抱いたのは、俺一人だけだ。俺を愛してるなら、素直に『気持ちいい』と言ってごらん」

ぐずぐずにとろけた意識に、夫《いつる》の声が心地よく染みこんでくる。

「あぁ……っ、あぁ、気持ちいいの……っ、いつる、気持ちいい……っ」

随喜の涙を零し、沙織は逸流を求めて両手を差しだした。

しっかりとその手を恋人繋ぎで握り返した逸流は、慈しむ表情で頷いてくれる。

「それでいいんだよ、沙織」

——あぁ。

トロォ……とした意識のなか、沙織は自分が本当の意味で解放されたのを感じた。

もう自分を稔という存在や、罪悪感に縛り付けるものはない。

今は目の前にいる、長年自分を想い続けてくれた夫だけがすべての真実だ。

彼が「是《ぜ》」と言うのなら、そうなのだ。

今まで感じた事のない法悦に満たされ、沙織は涙と涎を垂らしたままビクンビクンッと体を跳ねさせ深い絶頂に達した。

「いつ、——る、…………ぅ……っ」

ギュウッと夫の手を握り締め、沙織は今にも飛びそうな意識のなか夫の名を呼ぶ。

「沙織……っ」

それに応え、逸流はずんずんと深くまで沙織を突き上げ、絶頂のさらなる上の快楽を味わわせようとする。

頭の中が真っ白になり、自分が絶叫しっぱなしになっても、沙織は不思議と恐怖を覚えなかった。

逸流がいてくれれば、夫さえ側にいてくれれば、もう何も恐れる事はないのだ。

この上なく満たされた沙織は、小さな孔から飛沫を上げ痙攣し——、最後の最後に無意識に笑った。

──その脳裏には、結婚式を挙げた日の自分の姿が浮かんでいる。

内心「汚れた花嫁」だと思っていたけれど、あの日の自分は間違いなく「好きな人に処女を捧げた幸せな花嫁」だったのだ。


遠く、挙式の日の声がする。

「おめでとう！」


──あぁ、私は幸せになっていいんだ。

とろりと微笑み、沙織は深い絶頂にすべてを委ねた。

＊＊

最愛の女の寝顔を見て、逸流はどこか力の抜けた笑みを浮かべる。

柔らかな髪を手で弄び、シーツの上に撫でつけた。

「……俺の負けだ。沙織」

心から敗北を認めたが、沙織はスゥスゥと眠って聞いていない。

「俺はすべての勝負に勝ってきたけど……。沙織にだけは勝てなかったんだな。……それでもいい。愛する人になら、敗北すらも心地いい」

うっとりと目を閉じ、逸流は沙織の手を握る。

「沙織には本当に感謝している。君と結婚できてから、俺の潔癖症も治りかけているんだ」

妻の手を握る逸流の手は、普通にツルリとしている綺麗な手だ。

こうなるに至るまでの苦しみと努力、そして逸流を変えてくれた女神の存在を思い、彼は心の底から満たされた微笑みを浮かべる。

「沙織。……俺は幸せだよ」

愛妻に向かって囁き、逸流はこの上なく満足し、解放感に浸って目を閉じた。

完

# あとがき

こんにちは。臣桜《おみさくら》です。このたびは数あるお話の中から、拙著をお手に取って頂きありがとうございます。

ありがたい事に、またブラックオパールさんで書かせて頂ける事になりました。シリアスでダークめなお話を書くのが好きなので、本当に楽しんで書く事ができました。

今回のお話は、かなり要素が重めでしたが、あちこちに伏線をちりばめて回収するのが、本当に楽しかったです。また好きなクラシック音楽をちりばめたり、趣味にも走りました。逸流が『第九』に合わせて指揮をとっているシーンは、レクター博士をイメージしていました（笑）。

色んなダーク要素があるので、恋愛小説として万人に好かれるのは無理かな？　という覚悟はしているのですが（あれこれ地雷を刺激してしまいそうです）、物語としては面白く書けたと思っておりますので、お楽しみ頂けたら幸いです。

今回もジョー・マローンをモデルにした架空の香水ブランドが出てきました。ジョー・マローンのチューベローズ＆アンジェリカとウード＆ベルガモッドがモデルです。後者は『英国系御曹司の異常な愛情』で要がつけている物と同じです。自分的に「色気のある男性につけてほしい」と思っているので、つい同じ物にしてしまいました。因みにＦＯＬはまったくの架空ブランドです。『英国系御曹司』と言えばちらっと浅葱茶屋と結奈《ゆな》が出てきましたが、こういう風に友情出演ができて楽しかったです。また次に現代ものを書かせて頂ける機会があったら、何かしら重ねる事ができたらな……と思います。

今回も森原八鹿《もりはらようか》先生とご縁があり、本当に嬉しく思っています！　インパクトのある表紙をありがとうございます！　あの二人の色気ときたら……！　色気のある挿絵の数々も、本当にありがとうございます！

そしていつもお世話になっています担当様、その他関係者様にもお礼を申し上げます。平和に毎日書ける環境をくれる家族や、友人、Twitterやその他ネットでいつも楽しくお話をしてくださるお友達、読者様。加えましてこの本をご購入頂いた方すべてに感謝を申し上げます。

この本が出る十月の十七日で、ティアラ文庫さんの『きまじめ騎士隊長の不器用な求婚』でデビューさせて頂いてからちょうど三周年になります。これからも初心を忘れず、常に全力で頑張っていきたいです。

世の中まだまだ不穏ですが、お話を読んで少しでも現実を忘れられ、楽しんで頂けたらと思います。それでは、また次の作品でお目にかかれればと思います。

ご感想、ファンレターや出版社様のメールフォームなどにお待ちしております。

二〇二〇年八月　残暑に喘ぐ札幌で　臣桜

Thank you for reading
森森八鹿

# Illustratio Galler

キャラクターラフ

カバーラフ

カバーラフ別案

Black Opal

# 狂《きょう》気《き》の純《じゅん》愛《あい》

オパール文庫ブラックオパールをお買い上げいただき、
ありがとうございます。この作品を読んでのご意見･ご感想を
お待ちしております。


**ファンレターの宛先**
〒102-0072　東京都千代田区飯田橋3-3-1
プランタン出版　オパール文庫編集部気付
臣 桜先生係／森原八鹿先生係


**オパール文庫＆ティアラ文庫Webサイト『L'ecrin《レクラン》』**
**https://www.l-ecrin.jp/**


著　者――**臣 桜**（おみ さくら）
挿　絵――**森原八鹿**（もりはら ようか）
発　行――**プランタン出版**
発　売――**フランス書院**
〒102-0072　東京都千代田区飯田橋3-3-1
電話（営業）03-5226-5744
　　（編集）03-5226-5742
印　刷――誠宏印刷
製　本――若林製本工場

ISBN978-4-8296-8426-9 C0193

Opal Label オパール文庫

Op8369

好評発売中!

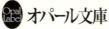

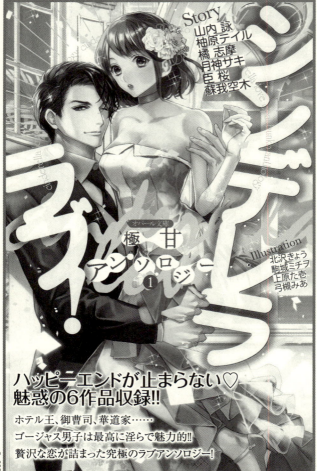